MASAKI
◆
「万華鏡」

Chara

万華鏡

二重螺旋番外編

吉原理恵子

キャラ文庫

この作品はフィクションです。
実在の人物・団体・事件などにはいっさい関係ありません。

Contents

口絵・本文イラスト／円陣闇丸

境界線
（ボーダーライン）

篠宮《しのみや》家。

午前七時前。

いつものように。

（……よしッと。忘れ物はないよな）

最後にもう一度時間割表をチェックして。

（ウン。大丈夫）

尚人《なおと》は鞄《かばん》にランチバッグを入れた。

世間を震撼《しんかん》させた、自転車通学の男子高校生ばかりを狙った凶悪な暴行事件。

図らずもその被害者になって負ってしまった傷は、いまだ完全には癒《い》えてはいない。単なる見た目の外傷だけではなく、心理面も含めて……だが。

むろん。それは尚人に限ったことではなく、事件の被害者は大なり小なり何らかの後遺症を引き摺《ず》っている。現に、尚人が通う翔南《しょうなん》高校でも、塾帰りに襲われた三年生も部活帰りに被害に遭った一年生も、いまだ復学できていない。

そんな状態で、尚人が痛々しい松葉杖《まつばづえ》姿のまま早々と復帰してきたときには、かえって周囲の方が驚愕《きょうがく》したくらいだった。

暴行事件の犯人たちが逮捕され、事件そのものは一応の解決を見ても、ゲーム感覚で犯行を繰り返していまだ反省の色も見られない少年たちの言動が社会に与えた衝撃は大きかった。

いつ、何時《なんどき》、何が起こるかわからない。

――いや。

予想もできないことが起こってしまう世の中だから、誰も、他人事《ひとごと》で済ませてはいけないのだと。

それは、ともかく。今回の功労者は間違いなく、尚人のクラスメートの桜坂《おうさか》である。獅子奮迅《しし ふん じん》のごとき彼の活躍で事件解決の糸口が摑《つか》め、それから芋《いも》づる式に暴行犯が捕まって事件の全容が解明されたのだから。

しかし。その桜坂にしても、まさか、それがキッカケで篠宮家の悲惨な過去までが暴かれてしまう大スキャンダルに発展してしまうなどとは思ってもみなかっただろう。

もしも尚人がカリスマ・モデル『ＭＡＳＡＫＩ』の弟でなかったら、尚人も『暴行事件の被害者』という一括《ひとくく》りだったに違いない。

ただの有名税――と言い切るには、篠宮家の過去はあまりにドラマチックすぎたのだ。

更には。尚人を襲った暴行犯と父親の愛人の妹が幼馴染《おさなな じ》みだったという新事実まで発覚して、いったいどこに真実はあるのか、虚実入り乱れた事件の真相はますます混沌《こんとん》としてきたと言っても過言ではないだろう。

知る権利——とやらを振りかざして過熱するマスコミの報道合戦は、時として、思いがけない真実まで炙《あぶ》り出す。

『事実は小説よりも奇なり』

——と言うより、

『現実はテレビドラマよりもドラマチックで、昼メロ以上にスキャンダラス』

それに尽きるのだろう。

カリスマ・モデルという恰好《かっこう》のターゲットを得て、マスメディアは篠宮家のプライバシーをリアルタイムで堂々と垂れ流す。そこにはもはや、社会一般の模範となるべきモラルもなければ常識人としての分別もなかった。

「カリスマ・モデルとしてメディアに露出している以上、すでに『MASAKI』は一般人とは言えない」

だから、レポーターに追い回されてもしょうがない——的な発言があったときには、さすがに、尚人も本気でテレビをドブに投げ捨ててやりたくなった。

その上、追い打ちをかけるかのように借金で首が回らなくなった実父が引き起こした傷害事件が発覚し、尚人の周辺は更に騒然となった。

『悪いときには悪いことが重なる』

それもまた、運の巡り合わせなのかもしれないが。父親との確執と悪縁は、切っても切れないものなのかもしれない。

切り捨てられた存在。

父親が愛人を作って家を出て行ったとき、尚人はそれを強く意識せずにはいられなかったが。今は、違う。

不幸のドン底を這《は》いずり回っていたあの頃に比べれば、今回のことは、最悪であっても最凶ではない。そう思えるだけ、マシなのかもしれない。たとえ、尚人にそれほどの余裕があるわけではないにしてもだ。

「あ……七時過ぎちゃったよ」

そろそろ着替えないとマズイ。

いつもなら、朝課外授業の始まる七時三十分に間に合わせるにはとっくに家を出ていなければならない時間なのだが。

家から翔南高校まで、自転車で最短四十分。通い慣れた通学路だから時間的にはそれほど苦にはならない。どしゃ降りの日は別にして。

だが。いまだに松葉杖の尚人に自転車通学ができるはずもなく、電車では更に時間がかかってしまい、結局、今は雅紀《まさき》の運転する車で登下校をしている。

まだ、まともに歩けもしなくて。しかも、ド派手にスキャンダラスな噂《うわさ》が吹き荒れている状態で『学校に行きたい』などと言ったら、雅紀に怒鳴られるかもしれない。そうも思ったが。

予想に反して、意外にすんなり雅紀は許可してくれた。その条件が、車での送り迎えなのだった。

尚人にすれば、多忙な雅紀によけいな負担をかけるだけでも心苦しかったが、学校に行きたいという思いの方が強かった。

くだらない噂なんかには負けないッ！

――とか。片意地を張っているわけではない。

逆境は己を磨く研磨剤ッ！

――などと。ポジティブな生き方を目指しているわけでもない。

過去は、過去。どんなに悲惨な経験でも、あったことをなかったことにはできないのだから。それなら、家にいようが学校に行こうが同じことだと思ったのだ。

雅紀には、

『人の噂も七十五日』

と、言ってはみたものの。

『他人の不幸は蜜の味』

――なのは、世間様の常識で。尚人にしてみれば、要するに、出たとこ勝負のようなものだった。

家に閉じこもっていると、ついよけいなことを考えて気が滅入《めい》る。それが、一番の理由であったことは否めない。

尚人にとって最大のストレスは、赤の他人に興味津々《しんしん》で過去を詮索されることではなかった。他人には……たとえ、それが親族であっても決して漏《も》らせない秘密が充満した篠宮の家に引きこもっていることなのだ。

学校に行くことがストレス解消。そんなことを言っても、皆、ただのジョークだと思うかもしれないが。尚人にとっては、マジだった。

そんなこと、家族の前では口が裂けても言えないが。たぶん、尚人のことなら尚人以上に知り尽くしているだろう雅紀にはバレバレだったりするのかもしれない。

ベッドの端に浅く腰掛けたまま、いまだ痛みが引かない足首を庇《かば》うようにして尚人が制服に着替えていると、ノックもなしにいきなり部屋のドアが開かれた。

「ナオ、準備はできたか？」

このところすっかり定番になってしまった台詞《せりふ》を口にする雅紀の口調には、いささかの翳《かげ》りもない。耳慣れた、少し低めのまろやかな美声だ。

職業柄、言葉以上に目で饒舌《じょうぜつ》に語るのがモデルとしての特性だから、一般人が雅紀の肉声を耳にするチャンスなどないに等しい。

——が。たまに雅紀が出ているインタビュー記事などを読むと、必ずその感想《コメント》には判で捺《お》したように、

『超絶美形な「ＭＡＳＡＫＩ」は、その声もやっぱりセクシー』

などと、書かれてある。

けれど。尚人は知っている。普段はしなやかに張りのある声が、この上もなく淫《みだ》らに……甘くとろける瞬間を。

いつもだったら、登校前にそんなことなど思い出したりはしないし。日常の雅紀は、ほんのわずかでもそんなことを匂わせたりもしない。

それでも。

「あ……ウン」

いつもと違って、妙にドキドキしてしまうのは。見慣れたはずの雅紀の怜悧《れいり》な美貌までもが、ほんのわずかいつもと違って見えるのは。昨夜の雅紀が、ベッドの中で思いがけないことを口走ったからだ。

いつもはたっぷりと甘い毒を込めた淫らな睦言《むつごと》しか口にしない雅紀が、なぜか、昨日は違った。尚人の耳たぶをやんわりと嚙《かじ》って、

『好きだ、ナオ』

真摯に囁《ささや》いたのだ。

（嘘《うそ》……）

囁かれた言葉が鼓膜を灼《や》き。

（なんで……？）

脳味噌《のうみそ》を派手に掻《か》き回し。

（……どうして？）

一瞬、尚人は頭の中が真っ白になった。

それは、尚人にとって思いがけない喜悦というよりはむしろ、まさか……の驚愕に等しかった。尚人を相手に雅紀がそんなことを言うなんて、冗談でもあり得ないことだと思っていた。

高校一年の夏。

真夏の悪夢としか思えない突然の凶行——泥酔の果ての強姦《ごうかん》から始まってしまった雅紀との肉体関係は、止《や》めるに止められない背徳であった。ある意味、尚人には拒否権のない禁忌《きんき》の呪《じゅ》縛《ばく》だった。

甘美で。

淫靡《いんび》で。

ひたすら堕《お》ちていくだけの……奈落。

喉が灼け。

頭の芯がとろけ。

足も腰も痺《しび》れて引きつり歪《ゆが》む……愉悦。

しかも、その深淵《しんえん》には果てがなかった。

それが起こるまで。尚人はずっと、雅紀に嫌われ、疎まれているのだと思っていた。それは、尚人が篠宮家の秘密を……母と雅紀の情事を知る唯一の共犯者だったからだ。

誰にも言えない。

何も、見ない。

——聞かない。

口を噤《つぐ》んでその事実から目を背け、耳を塞《ふさ》いでいれば、誰も——何も傷つかない。雅紀に言われたことを守ってさえいれば、家族はずっと家族でいられる。たとえ、それが砂上の楼閣であったとしてもだ。

そう、信じていた。

いや……信じたかった。

だが。絶対に暴かれてはならない秘密が、ある日突然、沙也加《さやか》にバレてしまった。

『お母さんもお兄ちゃんも、汚いッ。お母さんなんか……お母さんなんか、死んじゃえばいいのよぉぉぉッ！』

悲痛な絶叫を叩《たた》き付けて、沙也加が篠宮の家を出て行き。日を置かず、母は——死んだ。睡眠薬の飲み過ぎで。単なる過失か、それとも覚悟の自殺か。わからないままに……。

そして。頑《かたく》なに秘密を守り続けた尚人の共犯者としての価値は、無効になった。いや……逆転した。沙也加に罵倒《ばとう》されても顔色ひとつ変えなかった雅紀の態度が、母の死でいきなり豹《ひょう》変《へん》してしまったからだ。

あからさまに。

冷ややかに。

——忌避された。

取り付く島もないほどの拒絶感でもって、尚人は雅紀の視界の中から弾《はじ》き出されてしまったのだ。

母の死とともに、雅紀は、篠宮家としてのシガラミをすべて断ち切りたがっているように見えた。

ある日突然、父親が愛人を作って自分たち家族を見捨ててしまったように。雅紀も、自分と裕《ゆう》太《た》を捨てて家を出て行ってしまうのではないか。それがあり得ない妄想でもただの錯覚でもないと思えるくらいには、雅紀の態度は充分すぎるほどに露骨だった。

ウザイ。

邪魔。

何もかも——どうでもいい。

頻繁《ひんぱん》に外泊を繰り返す雅紀は、たまに家に帰ってくるといつもそんな感じだった。

どこか、投げやりで。

なのに、妙に苛《いら》ついて。

言葉もかけられないほど、刺々《とげとげ》しかった。

尚人は、どうすればいいのか……わからなかった。

何を——どう言えばいいのかさえ、わからなかった。

ひとつ屋根の下で暮らしていながら、雅紀も、裕太も、尚人も、三人が三人ともに孤独だった。どうにかして兄弟の絆《きずな》を取り戻そうと足掻《あが》いても、結局、尚人のやること為《な》すことはすべて裏目にしか出なかった。

こぼれてしまった水が元には戻らないように、切れてしまった絆はどうやっても繋《つな》ぎ止めることができないのだと。

このまま、皆がバラバラになってしまうのもしょうがないのかもしれない。

そう……思った。

なのに。真夏の夜のたった一度の過ちが、すべてを変えてしまった。

異性との恋愛を経験することもなく、息もできないほどのディープなキスを貪《むさぼ》られ。母と兄の情事に恐れおののき、まともに自慰すらできなくなった身体《からだ》を無理やり開かされ。奥の奥まで抉《えぐ》られて、余すところなく蹂躙《じゅうりん》された。

実の兄に強姦される、恐怖。

男の凶器を無理やりねじ込まれる、激痛。

いたわりも、優しさも、愛情も——ない。

あったのは、脳味噌も爛《ただ》れてしまうような灼熱感《しゃくねつかん》と、どうにも取り返しの付かない後悔だけだった。

いったい、なぜ。

どうして。

こんなことになってしまったのか。

どれだけ悩んでも、答えは出なかった。出るはずがなかった。

尚人はそれがたった一度きりの最悪な悪夢だと思ったが、雅紀は……違った。

『ナオが……欲しい』

二度目からは、明確な意志をもって尚人に触れてきたからだ。

たとえ、それが泥酔の果ての過ちであっても、禁忌のボーダーラインを越えてしまったら、あとは何をやっても同じ——だとでも言いたげに。

『大丈夫。怖くない。痛くしない。だから……気持ちいいことだけ、しような?』

毒のある甘い言葉でかき口説かれる——背徳。

『ほら。ここを弄《いじ》っただけで、もうトロトロになってきた』

実の兄とセックスする——禁忌。

『ナオ、声を噛《か》むんじゃない』

それを裕太に知られてしまうのではないかという——畏《おそ》れ。

淫らな言葉で嬲《なぶ》られて、鳴き。

指で舌で執拗《しつよう》に弄られて、泣き。

硬くしなったモノで思うさま突き上げられて——啼《な》く。

恥ずかしくて。

気持ちよくて。

——怖い。

醜態と、恥態と……痴態。そのどれにも、罪の意識は常について回った。与えられる快感が深ければ深いほど、それは大きくなった。尚人の両手には抱えきれないほどの重圧感でもって。

けれど。何をされても……何を言われても、自己嫌悪に陥ることはあっても雅紀を嫌いになることなどできなかった。幼い頃から、尚人にとって雅紀は絶対的な存在だったからだ。

自分に向けられる雅紀の眼差《まなざ》しは、二度、変質してしまった。極端から、極端へと。

話しかけても無視され、冷たい眼差しに阻まれて視界の端にも入れてもらえないときには、悲しくて泣けてきたが。淫らに甘い言葉で身体の最奥まで暴かれ、指で舌で視線で余すところなく嬲られると居たたまれなくて……羞恥《しゅうち》で身の置き所がなくなった。

雅紀が自分を抱くのは、ただの性欲の捌《は》け口だと思っていた。死んでしまった母の身代わり……。それを思うだけで、尚人は胸の奥底がジクジクと痛んだ。

──なのに。

『好きだ、ナオ』

たった一言で、辛《つら》いだけの現実は反転してしまった。

（……ホントに？）

本当に、そうなのだろうか？

最初の『スキ』で、思わず固まって。

嘘か。

……ホントか。

……冗談か。

自分でも、何がなんだか訳がわからなくて。ある意味、呆然《ぼうぜん》自失だったが。

『おまえが、好きなんだ』

二度目の『スキ』で、舞い上がった。

雅紀の口から二度もそんな言葉が聞けるなんて思ってもみなかったから、すごく嬉《うれ》しかった。求められるまま何度も上り詰めて、それで雅紀に心の底から愛されているような気がした。

だが……。

一夜、明けて。驚喜の熱が去って、身体の火照《ほて》りが収まって、尚人は今更のように自問せずにはいられない。

あれは、自分の思い込みが見せたただの錯覚だったのではなかろうか……と。

（だって、いきなりだったし）

そうなのだ。

よくよく考えれば、なんとも唐突だった。

（なんで、あのタイミングだったんだろう）

取って付けたような感は否めない。

あのとき。

そう……あのとき。雅紀は、欲しいモノを欲しいと言わなければ何もやらない――と言ったのだ。

それでも、尚人は中途半端に燻《くすぶ》り続けるモノを解放して欲しいとは言えなかった。

――握って。

――擦《こす》って。

――揉《も》んで。

――扱《しご》いて。

――嚙んで。

――舐《な》めて。

――吸って。

そんなことを口に出したら最後、パンパンに膨《ふく》れ上がった欲望に歯止めがなくなってしまいそうで怖かった。

だから。雅紀の言った『スキ』も、こうあって欲しいという尚人の願望が転化しただけではないのかと。

そうではないと言い切れない自分が、悲しい。

いつもの、自分を嬲るための、ただの言葉遊びではないのか？

今になって、そんなふうにこじつけたがっている自分が……なんか、ミジメだ。

（信じていいの？　まーちゃん……）

自分は、ちゃんと雅紀に愛されている。

それこそが、妄想なのではないか？

そんなふうにも思えて……。

『ナオ……。おまえは俺のモノだ。誰にも……やらない』

ベッドの中で囁く雅紀の言葉は、恍惚《とろけ》るように甘い。理性と自制を灼いて、頭の芯までズクズクになってしまう淫らな呪文だ。

『いい子だ、ナオ』

『ほぉら、ここを弄られると気持ちがいいだろ？』

『もっと、足……開いて。ナオのいいとこ、全部、俺に見せて』

『——舐めて欲しい？』

『いっぱい出していい。俺がみんな飲んでやるから』

囁きの呪文はただの幻聴だ。どんなに甘くても、雅紀がベッドを出ていったら、すぐに覚める。

これまでは、そうだった。

だから。雅紀がどんなに甘い睦言《むつごと》を囁いても、尚人は自戒することを忘れなかった。

——夢は、叶《かな》わないから夢なんだ。

——誤解しちゃダメ。

——期待しちゃ、ダメ。

——甘い夢なんか、見ちゃ……ダメ。

勝手に何かを期待して、甘い夢を見て、それが満たされずに傷ついたことなら……腐るほどある。

だから。繰り返し繰り返し、自分に言い聞かせてきた。

——見るな。

——言うな。

——聞くな。

子どもの頃のように、雅紀に甘えて満たされる日なんか二度と来ないのだから。

自分が自分であるために、自分の足できちんと立って歩くには、そうやって『夢』を『否定』し続けるしかなかった。

尚人は知っている。

尚人にとって、雅紀は何ものにも代え難い唯一無二の存在だが。雅紀の『特別』になりたがっているのは自分一人ではないことを。

なのに……。

雅紀の一番《特別》？

そんな夢みたいなことが、本当に現実なのだろうか。

(俺は、まーちゃんの一番になれるの？)

マジで？

ホントに。

……ホントに。

………ホント？

嘘じゃない？

夢じゃない？

兄弟相姦《そうかん》——その言葉が孕《はら》む二重の禁忌。

モラルとタブーを思うさま踏みつけにした雅紀とのセックスで得られる快感は、底がない。

だから、すごく怖い。

身体も心も竦《すく》んでしまうほど怖くてたまらないのに、雅紀が与えてくれる快感を拒否できない。

いや……それどころか、もっと欲しくなる。欲しくて……。もっと気持ちよくなりたくて、尚人は雅紀に言われるままに身体を開き——しがみつくのだ。

そうすると、雅紀は必ず、

『いい子だ、ナオ』

優しく囁いてくれる。

『ちゃんと、おねだりできたな?』

甘いキスをくれるから。

たとえ、その場凌《しの》ぎの嘘でもよかった。雅紀の言葉ひとつで、ほんの束《つか》の間《ま》、罪の意識が相殺されるような気がした。

そんな自分が、雅紀の『特別』になれるのだろうか。

雅紀に、愛されて。

満たされて。

——癒される。

(夢じゃなく?)

だが。夢は、ひとつ叶えばそれが欲になる。

夢が夢でなくなったら……どうなる?

(はぁぁ……ダメだ)

まるでメビウスの環に嵌《はま》り込んだように、思考はループする。

――と。

「……何?」

不意に、雅紀が言った。

「え……?」

「どうした?」

問われている意味がわからなくて、尚人は雅紀を見上げたまま小首を傾《かし》げる。

「……ここ」

雅紀の指が、尚人の眉間をやんわりとなぞる。

まさか、いきなり、そんなことをされるとは思いもしなくて。尚人は、一瞬惚《ほう》けたように雅紀を凝視した。

「縦皺《たてじわ》できてるぞ?」

タテジワ?

言葉の意味が実感を伴って、ようやく、頭の中でスイッチが入る。

――とたん。尚人は、今更のように耳の先まで真っ赤になった。

（うわぁぁ……。俺、朝っぱらから何やってるんだろ）

こういうのを、自分の世界に入り込んでいたというのだろうか。雅紀の顔を見るまでは何ともなかったのに、やはり昨夜の今朝で、変なツボに嵌ってしまったのかもしれない。

「だから、どうしたのかって聞いてるんだけど？」

「や……別に……なんでも、ない……」

しどろもどろで、ぎくしゃくと視線を逸《そ》らす。

すると。頭の上で、雅紀がこれ見よがしにため息を漏らした。

「……ナオ」

呼ばれて、上目遣いに視線を戻すと。雅紀の金茶《インペリアル・トパーズ》の双眸がほんのわずか尖《とが》った。

──ような気がして。尚人は、思わず息を詰めた。

「俺に、隠し事はするな」

「……して、ない」

「──ホントに？」

「……ウン」

隠し事じゃない。ただのジレンマだ。

（だって……言えないよ。まーちゃんの言ってた『好き』が、ホントの好きかどうかわかんないなんて……）

尚人の『好き』は、とっくに最高レベルを振り切っている。

だが、尚人のそれと雅紀の『好き』の間には、クリアしなければならない壁がいくつもあるような気がするのはただの錯覚だろうか。

その言葉の真偽を見定めようとでもするかのように、雅紀の眼差しはきつくなる。

カリスマ——と呼ばれる者には、絶大なる視線の吸引力がある。

それは類い希《まれ》なる美貌であったり、醸し出すセックス・アピールであったり、時には権力の象徴だったりもするわけだが。雅紀の場合はかつて『東の青龍』と呼ばれた剣士の名残を残す眼力だった。

世の中に八頭身美形のモデルは掃いて捨てるほどいるかもしれないが、そこに半端なく存在感を誇示する眼力が加わればまさに敵なしだろう。視線ひとつで『高貴《ノーブル》』にも『色悪《ドンファン》』にも『野性《ワイルド》』にもなれる、それが『MASAKI』というモデルの得難い魅力だった。

雅紀の双眸には人を呪縛する魔力がある。——とも言われている。

人を虜《とりこ》にする魅惑の『チャーム』ではなく金縛りにする『スペル』があるなどと言われて、雅紀が嬉しがるとも思えないが。落ちてくる視線は、普段の冷然とした迫力以上に強いモノを孕んでいる。

それだけで、尚人の心臓は激しく高鳴った。

——と。何を思ったのか、雅紀はいきなりキスを掠《かす》め取った。

息苦しくなるほどのディープなキスも、舌を絡めて貪るキスも、雅紀とはもう数え切れないくらいキスをしたが。こんな、軽く唇を啄《ついば》むだけのバード・キスは初めてだった。

(もしかして……今頃、おはようのキス?)

それにしては、視線が物騒すぎるが……。

「昨日、俺が言ったこと、ちゃんと覚えてるよな?」

まるで、揺らぐ気持ちの根っこを鷲摑《わしづか》みにされたような気がして、尚人は、思わずドキリとする。

「好きだ、ナオ」

瞬《まばた》きもしない双眸から、真摯な熱が伝わってくる。

昨夜はその囁きだけがやたら耳に残って頭の芯が灼けついたが、今は——違う。

「おまえがいてくれるから、仕事も頑張れる。だから、俺に、おまえが俺のモノだってことをちゃんと感じさせて」

その熱に射貫《いぬ》かれて、胸がモロにズキンときた。

セックスで誤魔化そうとしない。

有耶無耶《うやむや》で受け流すことを許さない。

そういう眼差しだった。

「俺は……ずっと前から、まーちゃんのモノでしょ?」

尚人の口から、ツルリと本音がこぼれ落ちた。

尚人の記憶違いでなければ。事あるごとに、雅紀はそう言って所有権を主張してきたはずだ。

尚人に、自慰をすることも許さなかったのだから。

「……違うの？」

「──違わない」

「じゃあ……なんで？」

「ちゃんと言ってなかったからだ」

「……え？」

「ナオのことがすごく好きだってこと」

いきなり絶句モノの台詞を吐かれて、尚人は耳の先まで紅潮してしまう。

「一番大事なことを言ってなかった。自分でもすっごく間が抜けてるなって」

何と言っていいのか、リアクションに悩む。

「順序が逆だったろ？」

「逆って？」

「ナオとは、先にセックスで始まったからな」

「………」

「それも、泥酔状態の強姦だったし。最低最悪の、極悪人だったよな」

「…………」

「だから、ナオが逃げないように『おまえは俺のだ』『俺のモノだ』って、必死で繫ぎ止めておくうちに肝心なことを言うのを忘れちまった」

本音を言えば。尚人はそうやって雅紀に束縛されることが嫌いではなかった。

雅紀は誰のものにもならないが、少なくとも、

『おまえは俺のモノ』

その言葉がある限り、尚人は雅紀のそばにいられるのだと思っていたから。

周りは皆、やんちゃな裕太を欲しがって、誰も尚人を選んではくれなかった。

だが。雅紀だけが、いつも尚人を気にかけてくれた。

尚人が変にねじくれなかったのは、雅紀がいたからだ。皆が裕太がいいと言っても、雅紀がちゃんと尚人を見ていてくれたからだ。

昔と違うのは……。昔と違って雅紀の言葉がすんなり胸に落ちてこないのは、そこにセックスが絡んでいるからだ。

自分たちは兄弟なのだから、セックスという手段で無理やりその関係をねじ曲げたりしなくてもいいのではないか。戻れるものならば、元の仲の良いただの兄弟に戻りたい。

以前の尚人ならば、そう思ったかもしれない。

どうしても罪の意識から逃れたくてそれを口にして、思いっきり雅紀の地雷を踏んでしまっ

たのはまだ記憶に新しい。

そのとき。身体の最奥まで突き上げられて、揺すられて、抉られて。いつまでたっても終わらない快楽の中で、尚人ははっきり誓わされた。尚人の身体も心も……全部雅紀の所有物であることを。

だが、今は……。

雅紀の甘い囁きを独り占めにできることに密《ひそ》やかな喜びを覚えてしまったら、その喜びには必然的に背徳的なセックスも付いてくるのだとしても、尚人にはもう雅紀が伸ばしてくる手を拒めない。

一人で底の見えない深淵を覗《のぞ》き込むのは怖いが、雅紀がいてくれれば、どこまでも堕《お》ちる恐怖にも耐えられるのではないか。そんなふうにも思えて。

今までは、雅紀にただ引き摺られているだけだった。

雅紀のすべてを欲しがっているのは自分だけだと思っていたから、雅紀とセックスするのが怖かった。雅紀にとってのセックスはただの排泄《はいせつ》行為にすぎないと思っていたから、何も言えなかった。

けれども。

尚人は、雅紀の所有物でしかなかったからだ。

「まーちゃん……」

「なに？」

「だったら、まーちゃんも……俺のモノに……なってくれるの？」

そう思っても、構わないのだろうか。

尚人の思い違いではなく？

自信なげに、それを問いかけると。雅紀は、尚人と同じ目線までゆったりと腰を落とした。

そして、

「おまえは、俺のモノ。俺は、おまえのモノ」

身じろぎもせずに雅紀を見つめる尚人の頬に両手を添えて、艶《あで》やかに笑った。

「じゃあ、とりあえず、誓いのキスから始めようか？」

§§§§§　§§§§§　§§§§§　§§§§§

──そのとき。

ぼんやりと翳《かす》んで鈍った意識の端で、不意に、何かが……揺らいだ。

ゆらり。

ユラリ……と。
ふらり。
……フラリ、と。
ゆったりとブレて、密《ひそ》やかに傾《かし》ぐ意識の狭間《はざま》で、
『……ゆり』
『……やり』
わずかに湿り気を帯びた気配が、浮いては——沈んだ。
浅く。
……薄く。
淡く。
……微弱に。
（……ん……あ……）
微《かす》かに喘《あえ》いで、乾いた唇を舐める。震える舌の先で、ぎこちなく……。
——と。今度は、
『くちゅり』
妙に、卑猥《ひわい》な音がした。
——どこから？

どんよりと重い、身体の奥から。

（……いッ）

ほんのわずか、鼓動が跳ねて。

（──ン…ッ）

掠れた吐息を呑《の》み込む。

『くちゅり』

『……くちゅり』

身体の最奥から、ゆったりと這い上がってくる。

──何が？

湿った粘着音が。

どうにも耳障りで。なのに、思わず羞恥心を掻《か》きむしられるほど耳慣れた……音。

あれは。秘肉を抉って粘膜を擦り上げられる音──だ。

それを自覚した、とたん。どこか覚束なかった感覚は、いきなりリアルになった。まるで、頭のどこかで知覚のスイッチが入ったかのように。

『くちゃり』

──突いて。

『くちゅり』

――捻《ねじ》って。

『ぬちゃり』

――擦られる、音。

体内に呑まされた指の腹でグリグリと粘膜を擦り上げられるたび、瞼《まぶた》の裏が針で突かれるように小さくフラッシュする。そのたびに、感覚はよりクリアになった。

『……やり』

引いて、戻して。

『……ゆり』

浅めの縁あたりをユルユルとなぞって。

『……るり』

グルリと、掻き回される。

身体は芯から重くて、ダルい。なのに、与えられる刺激には過敏だった。

深いところを指の腹で掻きむしられるより、抜くか抜かないか、そのあたりを微妙に指先で弄られる方が――感じる。

だが。それが気持ちがいいのかと問われれば。

――否定できない。

ゾワゾワ、して。

ザワザワ……になる。

その感触が何とも言えず。束の間、息が詰まって脇腹までもが引きつれる。

ぬらり。

……ぬるり。

………ゆるり。

縁の襞《ひだ》をことさらゆっくり捏《こ》ね回されて、ザッと鳥肌が立った。凪《な》いでいた快感のパルスが、いきなりドンと脈打ったかのように。

じわり、ジワリと。

ヒクリ、ひくり……と。

背骨のひとつひとつを丁寧に舐めて、しゃぶるように呑み込んで、快感が——食らい付いてくる。

「ひッ……あぁぁぁ………」

噛み殺しきれなかった吐息の熱さが喉を灼いて、唇の端からこぼれ落ちる。

「あ…んぁ……ひゃッ……」

そのたびに、痺《しび》れのきた内股がヒクヒクと痙攣《けいれん》した。

揺れる。

廻《まわ》る。

――剝《は》がれる。

イヤだ。

ダメだ。

――墜《お》ちる。

思わず身じろいだ、そのとき。

「大丈夫。……怖くない」

耳朶《みみたぶ》をくすぐるように囁きが落ちてきた。

「……大丈夫だから」

何度も髪を撫《な》でられて、額に、瞼に、柔らかなキスが降ってきた。

ダルくて重い瞼を無理やりこじ開けて目を眇《すが》めると、雅紀が口の端で笑った。

「…まぁ……ちゃ……ん?」

「なんだ?」

「――どう…した、の?」

こんな状況で『どうした』もないのだが、なぜか、尚人の記憶はプッツリ飛んでしまっている。

それが一瞬なのか、違うのか。それすらも、わからない。

「大丈夫。ちょっと、飛んでただけ」

雅紀の言葉に、ほんのわずか、安堵《あんど》のため息が漏れる。例の事件からこっち、尚人のトラウマは発作となってブリ返す回数が増えた。

それとは違うのだとわかって、とりあえずホッとした。

「タマを弄られながら乳首噛んで吸われるの、ナオ、大好きだもんな。あんまり気持ちよすぎて、本気で気をやってイっちゃっただけ」

あからさまな口調に、尚人は首筋まで紅潮する。

「大丈夫。ナオのミルクは全部、俺が飲んでやったから」

言われて――思い出した。

根本をキッチリ縛《いまし》められて、ずいぶんと焦《じ》らされたのだ。

双珠をきつく揉みしだかれて、芯ができるほど尖りきった乳首を噛んで吸われて、尚人はもうメロメロのグダグダだった。

何度イかせてくれと頼んでも、雅紀は、のらりくらりとかわして縛めを解いてはくれなかったのだ。

それどころか、トロトロと滴り落ちる精蜜を舌で舐め取り、裏筋から蜜嚢《みつのう》までたっぷり舐め上げ。蜜口の切れ目を爪で剝《む》き出しにして、舌先でチロチロと弄くり回してくれたのだ。

そこが、尚人の一番弱いところだから。雅紀はいつも、執拗に嬲る。指で、舌で、尚人がズクズクになってしまうまで。

射精《い》きたいのに、達《い》けない。

思うさまブチ撒《ま》けたいのに、出せない。

焦らされて。

どうしようもなくて。

終《しま》いには、本気で泣けてきた。

最後の最後に自分が何を口走ったのかも、覚えていない。

「まーちゃん……意地が悪い」

口を尖らせて拗《す》ねると、雅紀は片頬だけで笑った。

そして。そのお返しとばかりに、呑ませたままの指をいきなりグルリとひねった。

「ひゃッ……」

「ナオがイっちゃったから、その間にここ――ちゃんとほぐしておいた」

指の股が当たるまで深々と呑まされた指は、二本。

「ほら……。だいぶ、トロけてきた」

束になったそれで右に左に捻り込まれて、思わず尚人の腰が浮いた。

「やっ……ダメッ……まーちゃ……んッ」

「大丈夫。ナオのここがトロトロになるまで挿《い》れたりしない」

口調は甘いが指を抜くつもりなどさらさらない雅紀は、

「まだ、二本だけだし?」

ニンマリと笑って、ことさらゆったり擦り上げる。

「はッ……ぅぅぅ」

「ナオのここが、俺の指三本、全部喰《く》えるようになってから、挿れる。——いい？」

ガクガクと頷《うなず》いて、尚人はシーツをギュッと握りしめた。

束ねた指三本で充分ほぐされてもまだキツイのに、雅紀のモノは、それよりもずっと大きくて硬い。

エラの張った最初の部分を呑み込んだら少しは楽になるのはわかっていても、それを呑み込むまでが辛い。硬くて、熱くて、しなりきったそれを後蕾《こうらい》に押し当てられるだけで、身体が強《こわ》ばってしまうのだ。

受け入れる尚人がキツイのだから、雅紀だって相当キツイに決まっている。なのに、雅紀は、

『ナオの中はきつくて熱くて……スゲー気持ちがいい』

そう、言うのだ。

指では届かない最奥までねじ込まれると、冗談ではなく腹を串刺しにされたような気がして息が詰まる。

だが……。

雅紀を呑み込んだそこがヒリヒリ疼《うず》くほど揺すられて、頭の芯が灼けるくらいに抉られて、身体中がギシギシ軋《きし》むまで突き上げられて。痛くて、怖くて、泣けてくるのに。

思うさま擦られて爛れた粘膜が雅紀の形に馴染んでくると、そこからジワジワと熱が生まれて浸蝕《しんしょく》される。すごく辛いのに……雅紀とひとつに繋がったそこが熱くて、目の裏に火花が散るほど揺さぶられるのが気持ちいいのだ。

禁忌と快楽のボーダーライン。

背徳の呪縛にどっぷりつかっているはずなのに、快感は拒否できない。

くっきりと明確な境界線の、こちら側と——あちら側。

引き摺られているのか。

踏み留《とど》まれないだけなのか。

何を、どうしたいのか。

——わからない。

ただ、雅紀が与えてくれる灼熱感に身も心も焼き尽くされてしまいそうで。もしかしたら、尚人はそうなってしまいたいのかもしれない。

そんなことをグダグダと考えていた、その瞬間。

「大丈夫。怖くない。なぁ、ナオ、おまえは俺と一緒に気持ちよくなることだけ……考えていればいい」

閉じた瞼の裏に、緋《ひ》が走った。

密やかなジェラシー

その日。

昼近くに目が覚めて、生あくびを嚙み殺しながら階下に降りていくと。珍しく、尚人《なおと》が電話中だった。

(……誰だ?)

条件反射というより、ほとんど脊髄《せきずい》反射でしんなりと眉が寄る。

自分でも狭量《きょうりょう》だとは思うが、今更、どうにもならない。

修復不可能なほどに拗《ねじ》くれてしまった性格は変えられない。まぁ、どこの誰に何を言われても痛くも痒《かゆ》くもないが。

俺は自分が傲岸不遜《ごうがんふそん》を地でいくエゴイストであることは否定しないが、ナルシストを気取るには自分の中の醜悪な部分を嫌というほど自覚しすぎていて、そういう意味では自己愛への執着はない。

いや——なかった、と言うべきか。泥酔の果てに尚人を強姦してしまうまでは……。

最悪最低の、蛮行だった。

今でもそう思っている。

しかし。

よくも悪くも、あれがひとつの転機になった。自分自身を見つめ直すキッカケというか、自分がいかに歪んだ情欲を持て余していたのかを再認識するための。

あったことをなかったことにできないなら、徹底的に開き直った者勝ち？

手放すことばかりを考えていたから、煮詰まってバカなことをしてしまった。

できないことをしようとするから、ドツボにハマって抜け出せなくなってしまった。

狂おしいほどの情愛も、抑えがたい劣情も、理不尽な怒りも嫉妬《しっと》も、そういうのを全部ひっくるめて俺の関心は尚人にしか向かない。

沙也加《さやか》にしても、裕太《ゆうた》にしても、同じ弟妹なのにこのギャップは何？

——などと、ひとりツッコミができるほどだ。

その答えは、とうに出ていた。獣《ケダモノ》じみた自分の本性を、意地でも認めたくなかっただけで。

尚人が可愛《かわい》くて、たまらない。

尚人しか、欲しくない。

抱きしめて、キスをして、奥の奥まで突っ込んで——啼かせたい。

それを自覚してしまったら、もう引き返せない。

だったら。もう——居直るしかない。

その果てに、今の俺がいる。

それが人として間違っているのだとしても、後悔はない。一番欲しい者が手に入ったから。

護《まも》るべきモノを手に入れたら、いっそ人生に張りが出てきた。

（いったい……誰だ？）

別に盗み聞きするつもりはないが、電話の相手が気になるのも事実なので、いつもと同じ足取りでダイニングキッチンに入っていく。

だが。電話に集中している尚人はまるで気が付かない。

とりあえず、冷蔵庫から野菜ジュースを出して、飲む。それが一日の始まり……俺の日課なので。もちろん、視線は尚人に貼り付けたままで。

尚人の背中の緊張感が消えない。

肩から背中にかけて、ガチガチ。

電話で楽しいおしゃべり……でないのは一目瞭然《りょうぜん》だ。

そういう尚人を見るのは、ずいぶん久しぶりだ。だから、俺としても気になってしょうがない。

いったい、何を？

そんな緊張感を丸出しにして、誰と？

それを思うと、眉間の縦皺がますます深くなった。

苛つくだろ。

ムカつくだろ。

下腹のあたりが、どんより重くなる。

思わず、舌打ちが漏れた。

(ここらへんが、限界かぁ?)

グラスを洗って伏せ、ゆったりと尚人に歩み寄る。

——と。

「桜坂《おうさか》は、俺がつけられないケジメをつけてくれようとしたんだよね?」

不意にスルリと、それが耳に入ってきた。

(桜坂……君?)

思わずドキリと、足が止まる。

(もしかして、病院からか?)

尚人が通う翔南《しょうなん》高校には、三人の番犬《親友》がいる。

硬派で強面《こわもて》、ジャーマン・シェパードの桜坂一志《かずし》君。

物怖《ものお》じしない、シベリアン・ハスキーの中野大輝《なかのだいき》君。

茶目っ気たっぷり、ゴールデン・レトリーバーの山下広夢《やましたひろむ》君。

現クラスメートと、元クラスメート。そして、月イチで定例会議に出る二学年のクラス委員同士。

尚人が被害に遭った暴行事件のあと、三人のフルネーム込みで俺はそれを知った。

尚人を独占欲で縛り付けても、尚人の友人関係には興味も関心もなかった。言ってしまえば、それに尽きる。

それでは、マズイ。

――ヤバイ。

今更のように、それに気付いた。

翔南高校では、夏休みもバッチリ課外授業がある。昨日で前期課外が終わり、今日から後期課外が始まるまでは二週間の完全休養日。

エンブレム入りの濃紺のブレザーは受験戦争の勝ち組の証《あかし》――とか言われている翔南高校の夏休みは短い。

予習・復習は当然のルーチンワーク。それくらいの心構えがなくては落ちこぼれてしまう。それも、リアルな現実なのかもしれない。

その暗黙の了解がある種の呪縛になってしまったのか、前期終了日は思いがけない事件の発端になった。

桜坂君が学習室で刺され、まさにバッドタイミングでそれを目撃してしまったらしい尚人が発作を起こして倒れてしまったからだ。

(そうか……。桜坂君か)

だったら、尚人の背中がガチガチなのも頷ける。尚人は、桜坂君が刺されたことに多大な負い目を――責任を感じているからだ。

「俺は……正直、野上《のがみ》が重くてさ。でも、手を放したくても、すがってこられると、なんか……切れなくて。裕太にも雅紀《まさき》兄さんにも、さんざん言われてたんだけど……。野上が自分で気付いてくれないかなぁ…って、都合のいいこと考えてたんだよね」

普段は柔らかで耳触りのいい尚人の声が、やけに……重い。

『おまえは何も悪くない』

『野上のしでかしたことは、おまえの責任じゃないッ』

それは、翔南高校の誰もが知っている。

それを口にして尚人の気が晴れるなら、俺は何万回でも言ってやるのだが。たぶん、今の尚人にとっては慰めの言葉すら重いのだろう。

「ゴメンね、桜坂。俺がグダグダしてたから」

悔やんでも悔やみきれない苦渋丸出しで、言葉尻が震える。

受話器を握りしめた尚人の顔は見えないが。おそらく、唇の端は引きつれているに違いない。

「ウン。だから、ありがとう」

この状態で尚人に『ゴメンね』と『ありがとう』を言われてしまったら、桜坂君はさぞかし痛いだろう。刺された傷以上に、胸の最奥がキリキリと。

罪悪感と自己嫌悪でドス黒く爛れた痛みが、俺にはわかる。尚人を強姦してしまったあとの俺が、まさしくそうだったから……。

あのときの俺の悪行に比べりゃ、正義感の義憤に駆られた勇み足くらい、どうってことはない。そんなふうにスッパリ割り切れるほど、桜坂君もスレてはいないだろうが。

「怪我《けが》……。気力と根性で、早く治してね。後期の課外授業で、待ってるから。俺も、中野も、山下も……みんな待ってるから」

刺された傷が気力と根性で治るとは、思えないが。普段ならジョークにもならない気休めも、尚人にしてみれば、何も言わないよりもマシ——だったりするのだろう。

(笑うに笑えないよな)

だから、そんなことにも妬《や》ける——そう感じてしまう己の狭量さがだ。

「……ウン。じゃあ、ね。ちゃんと、休んでね？」

受話器をゆっくり戻して、尚人がため息を落とす。

それから振り向いて、瞬間——固まる。

まさか、背後に俺がいるとは思ってもみなかったに違いない。

マジで、ビックリした。

——と、顔にデカデカと書いてある。

「……まぁ、ちゃん……。どう、したの？」

ベッド以外では呼ばない愛称で、尚人が俺を仰《あお》ぎ見る。

とっさのことで、思いっきり素で驚いたのがよくわかる。

だから。俺は、無言で尚人を抱きしめずにはいられなかった。

(……大丈夫)

目に見える傷はいつか薄れる。

心の傷跡を膿《う》ませるのも癒やすのも、それは自分の気持ち次第だ。

でも、きっと、桜坂君は心が腐れる前に膿《うみ》はサックリ全部出し切ってしまうような気がする。

俺と違って……。

だから、な。ナオ、おまえは俺のことだけ見てればいいんだよ。

孌《れん》哀《あい》

灰色の雲がどんよりと重い、日曜日。

そんな空の色よりももっとドス黒く、どこにも……誰にも八つ当たりすらできない最低に凶悪な気分を引き摺《ず》ったまま、ただ机の上に広げただけの参考書を睨《にら》んでいると。バタバタと足音がして、いきなり、ノックもせずにドアが開かれた。

「沙也加《さやか》ッ」

何があったのかは知らないけれど。いつもは、上品と言うには過ぎるほどにおっとりとした、だから、ときおり訳もなく苛《いら》ついてしまうほどのスローペースな加門《かもん》の祖母がドアノブを握り締めたまま、真っ青な顔であたしを見ていた。

それでも。今は、誰とも口をききたくなくて、

「――何？　おばあちゃん。あたし、今、忙しいんだけど？」

自分でも嫌になるほどぞんざいな口調で、あたしがそれを口にすると。祖母は身じろぎもせず、微《かす》かに唇を痙《ひき》攣《つ》らせて、

「奈津子《なつこ》が……お母さんが、亡くなったって……。今、電話が……」

そう、言った。

「……え？」

その瞬間。

胸の奥でブスブスと燻《くすぶ》っていたモノがいきなり石化して、ドスンッ——と、もろに下腹部を直撃してしまったような気がして。あたしは、何を言えばいいのか……。いったい、どういう顔をすればいいのかわからなくて。

「………」

双眸《め》を見開いたまま、ただ、凍り付いた息を無理やり呑《の》み込んだ。


オ母サンガ、死ンダ。


お母さんが——死んだ？

「…ウ…ソぉ………」

睡眠薬の飲み過ぎで、死んだ？

「どぉ…し、て……」

言葉が喉に絡んで、うまく声にならない。

それどころか。嚙《か》み殺しきれなかったショックが頭の中でハレーションを起こしたみたいに、どこもかしこも、妙にズキズキと疼《うず》いた。

お父さんが不倫して、あたしたちを捨てて篠宮《しのみや》の家を出て行ったから？

（……違、う）

ただの専業主婦だったのが、いきなりのフルタイムでの会社勤めで頑張りすぎて身体《からだ》を壊して、働きたくても働けなくなった。それで家にお金がなくなって……。そんな、惨めな貧乏生活が嫌になったから？

（そうじゃ、ない）

お父さんに捨てられたのがショックで荒れまくる裕太《ゆうた》がバカなことばかりしでかして、そのたびに頭を下げて廻《まわ》るのに疲れたから？

（そんなんじゃ……ないッ）

だったら、何？

なんでッ？

——どうしてッ？

お母さんは——死んじゃったの？

（もしか……して………）

あたしが……。

——あたしが。

『お母さんなんか、死んじゃえばいいのよぉぉッ！』

そう、言ったから？

（そう……なの？）

だから、お母さん――死んじゃったの？

寝る前に睡眠薬をいっぱい飲んで？

二度と、目が覚めないでいいように？

（………）

それを思うと。身体中の血がドクドクと音を立て煮えたぎり、一気に弾《はじ》けた。

灼《や》けつく鼓動が心臓をキリキリ締め付けて、こめかみをガンガン蹴《け》り飛ばす。

そうすると、頭の芯がグラグラ揺れて。目の裏が真っ赤に爛《ただ》れた。

何も見えない。

何も――聞こえない。

なのに。手も足も、痙る唇も……冷たく痺《しび》れていくのがわかった。

アタシノ――セイ？

アタシガ、悪イノ？

あたしが……。

『大っ嫌い』――って、言ったから？

『汚い』——って、詰《なじ》ったから？

『死んでしまえ』——って、罵《ののし》ったから？

だから、お母さん……。本当に死んじゃったの？

そう、なの？

（——ウソぉぉ）

イ…ヤ、よ……。

（そんなの——ウソよぉ……）

だって。悪いのは、お母さんじゃないッ。

母子《おやこ》なのに——お兄ちゃんとセックスしてた。

お兄ちゃんにしがみついて……。髪を振り乱して……。ケダモノみたいな気色悪い声で、嫌らしく悶《もだ》えてた。

イヤ……。

（——イヤッ）

気持ち……悪い。

思い出すだけで鳥肌が立って、ムカムカ……吐き気がするッ。

それなのに、なんでッ？

どうしてッ！

一人で……一人だけで、さっさと死んじゃうのよぉッ！

あんな穢《きたな》らしいモノをあたしに見せつけて。何の責任も取らないまま……。あとは全部、お兄ちゃんに押しつけて。なんで、一人で逝《い》っちゃうのよッ！

（ひどい……。ひどいよ、お母さん……）

そんなの、ズルイッ。

――ひどい。

卑怯《ひきょう》じゃないのッ。

許さない。

……許さないッ。

あたしたちにこんな思いをさせたまま、自分一人だけ死んで楽になろうなんて……。

（そんなの……。絶対――死んだって、絶対、許さないんだからぁぁッ）


「ほら、沙也加。支度してッ。お母さんが待ってるわよ」

あわただしく身繕いをして、祖母があたしを急《せ》かす。

でも。あたしの身体は硬く強《こわ》ばりついたまま、そこからピクリとも動かなかった。

手も、足も……。まるで硬く根が生えてしまったかのように。まるで、見えない鎖があたしの身体を雁字搦《がんじがら》めに縛り付けているかのように、あたしはそこから……動けなかった。

なのに。

「――行…かな…い」

喉奥から搾《しぼ》り出した言葉は、唇が灼けつくように熱かった。

「行きたく……ない」

鼓動が爆《は》ぜる、音がする。

「沙也加……。悲しいのは……辛《つら》いのは、あなただけじゃないのよ？　お兄ちゃんも、尚《なお》君も、裕ちゃんも、みんな沙也加が来るのを待ってるわ」

「イヤ……。行きたくないッ」

「沙也加。……どうしたの？」

ほとほと困り果てたように、祖母があたしを見る。

それでも。あたしの足は痙れたように、ピクリとも動かなかった。


イヤよ。

行かない。

……行きたくないッ。

(お母さんの死に顔なんか、見たくないッ)

お兄ちゃんに——会いたくない。

だって。

……だって。

お兄ちゃんは、きっと。あたしがお母さんを殺したんだって、思ってるわ。

あたしが、お母さんなんか死んじゃえって——言ったから。

それで、本当に、お母さんが死んじゃったから。

みんなは……。お母さんは心も身体も疲れきって、睡眠薬をいっぱい飲んで自殺した。そう思ってる。だから、お母さんが自殺したのはお父さんのせいだって……。

でも。

だけど、お兄ちゃんは……。

ううん……尚だって、そうよ。お兄ちゃんも尚も、お母さんが死んだのはあたしのせいだって、思ってるに決まってる。

イヤ、よ……。

こんなの……まるで、あたしだけが悪者《わるもの》みたいじゃない。

(そんなの、イヤよぉぉッ!)

あたしが悪いんじゃない。

お母さんが死んだのは、あたしのせいじゃないッ。
あたしだけが悪いんじゃないッ！
誰か――助けて。
お願い。
……お願い。
あたしがお母さんを殺したんじゃないって、誰か――言ってよぉぉッ！

咒《しゅ》羅《ら》

『だから、よけいなお世話だって、言ってんだろッ』

電話口の向こうで、いきなり、裕太《ゆうた》が怒鳴った。

今の今まで、あたしが何を言ってもスカした口調でおざなりな受け答えしかしなかった裕太が、突然――豹変《ひょうへん》する。

何よ？

どうしたのよ？

いったい、何が悪かったのか。

別れたときとは違って、すっかり声変わりしてしまった裕太の地雷をうっかり踏んでしまったらしくて。あたしは――焦る。

『お姉ちゃんだって、おれたちを見捨てて独りで逃げ出したくせにッ。今更、説教がましく姉ちゃん面すんなッ！』

罵倒《ばとう》まじりの激しい口調で、裕太が糾弾《きゅうだん》する。

――瞬間。

どうやっても癒《い》えない『疵《きず》』をおもいっきり掻《か》き毟《むし》られたような気がして、あたしの頭の中は真っ白になった。

(だって、しょうがないじゃないッ)

ギュッと、力いっぱい受話器を握り締めて。あたしは、叫びそうになる。

ダメよ。

ダメッ。

ダメダメダメダメダメダメダメ…………。

もっと、冷静に。

穏やかに。

あたしは、裕太と喧嘩《けんか》をしたいわけじゃないんだから。

それを思って。グラついてしまった理性とストッパーの切れかかった自制心を掻き集めて、深呼吸をする。

(そう……。あたしは、ちゃんとやれるわ)

裕太のために……。

(おじいちゃんも、おばあちゃんも、てんで当てにならないんだから)

だったら、あたしがやらなくっちゃ。

(これ以上、篠宮《しのみや》の家になんか、裕太を置いておけないもの)

だって、弟――なんだから。

たとえ、何年も別々に暮らしていたってその事実は変わらないし。どれほど離れていても、血の繋《つな》がりが消えてしまうわけでもない。

だけど。

裕太。

あんたは、何も知らないから。お兄ちゃんとお母さんがあの家で何をしてたのか……。あんたは何も知らないから、声高にそんなことが言えるのよ。

あたしは。逃げ出したくて、逃げたんじゃない。

ただ……。

あのときは。

ザワザワと得体の知れないものが足下から這《は》い上がってきそうで。

ヒクヒクと脇腹が痙れて。

胃も腸もひっくり返ってしまいそうな気持ち悪さに、吐き気が込み上げてきて……。

あんな穢《けが》らわしいところには、一分一秒だっていたくなかったのよ。

だから、走って。

——走って。

走って……。

心臓がバクバク音を立てて、今にも爆発してしまいそうになるまで走り続けたわ。

頭の芯はグラグラ状態で、ほかには何も考えられなくて。ズキズキ疼く目で足下を凝視することしかできなかったのよ。

加門《かもん》の家にどうやって帰りついたかも、本当はよく覚えてないの。

あんただって本当のことを知ったら、あたしの気持ちがわかるわ。そしたら、絶対、篠宮の家から逃げ出したくなるに決まってるんだから。

でも……。

——だけど。

あんたには、言えないじゃない。お兄ちゃんがお母さんとセックスしてたなんてこと……。だって。あんたは、あいつが不倫してあたしたち家族を捨てていっただけで暴れまくって、挙げ句に引きこもりになっちゃうようなお子様なんだから。

世の中で自分が一番不幸なんだって思っているあんたには、言えないわよ。ショックで頭弾けて、また病院に担ぎ込まれたりしたら……困るもの。

『そんなにおれのことが心配だって言うんなら、電話じゃなくて、お姉ちゃんがこの家におれを迎えに来いッ。口先だけなら、誰だって、なんとでも言えるんだよッ』

(行けるわけ、ないじゃないッ)

だって……。

お兄ちゃんも、尚《なお》も、あたしがお母さんを殺したと思ってるに決まってるんだから。

穢らわしい——って、吐き捨てたの。

死んでしまえ――って、罵ったの。

そしたら、お母さん……本当に死んじゃうんだもの。

バカよね。

ズルイよね。

汚いよね。

だって、あんな穢らわしいモノをあたしに見せつけて。全ての責任をお兄ちゃんに押しつけて。自分は何も責任取らないまま死んで、一人だけさっさと楽になろうとしたのよ？

サイテー……だよね。

虫酸《むしず》が走るよね。

絶対、許せない――よね。

でも。そんなこと、誰にも言えないじゃない。

どんなに苦しくても。しゃがみ込んで泣きたくなるほど辛くても。そんなこと……誰にも打ち明けられないじゃない。

ねぇ、そうでしょ？

喜びは人と分かち合うと二倍になり、悲しみは、人と語ることで半減するんだって。

だったら、怒りは？

――憎しみは？

頭の芯までグツグツ煮えたぎるような痛憤は、どうやったら薄れるのかな。

何があっても時間が解決するなんて、嘘《うそ》だよね。そんなの、本当の痛みを知らない人の詭弁《きべん》じゃない？

この間、お兄ちゃんがテレビに出てたの、あんた……知ってる？

知らないよね。あんた、テレビなんかくだらないから見ないって言ってたもの。

お兄ちゃん、相変わらず……すごく綺麗だった。

大人びて、色っぽくて、すごく素敵《きれい》だった。

――でも。

尚を襲った暴行犯のことを聞かれて、お兄ちゃん、ものすごく怖い目をしてた。

怒りを圧《お》し殺してる金茶色の目が、痺れるように冷たくて。

キリキリ、痛くて。

まるで、アイスピックで心臓を容赦なく突き刺されるみたいで――たまらなかった。

お兄ちゃん。尚のためなら、あんな目で人を憎むことができるのよ。

だから。

あたし……。もう二度と、お兄ちゃんに逢《あ》えない。

お兄ちゃんにあんな目で憎まれたら、もう……死んじゃう。

『来るのかよ？　来ねーのかよ？　あーッ？　どっちなんだよッ？』

(……行かないッ)

篠宮の家なんか、絶対——行かない。

『この家に来て、雅紀《まさき》にーちゃんの目の前でおれを加門の家に連れて行くって言ってみろよ』

(イヤよッ!)

ダメよッ。

そんなこと、絶対しないッ!

『できないんだろ? だったら、端から、あーだのこーだの、よけいなこと言うなッ!』

叩《たた》き付けるように裕太が吐き捨てて、電話が切れる。

(なんで?)

(……どうして?)

あたしは、あんたのことが心配なだけなのに。

なのに。

どうして。

あたしの気持ちをわかってくれないんだろう……。

このまま、あんたが篠宮の家にしがみついていても、いいことなんて一つもない。だって、お兄ちゃんは尚がいればいいんだもの。

尚しか、要らないんだもの。

尚はね、お兄ちゃんとお母さんがセックスしてたの知ってて、ずっと、あたしたちに黙ってたのよ。

あたしたちを騙《だま》して。

裏切って。

それでも、平気な顔をしてたのよ。

——許せない。

ヒドイよね。

だって、そうじゃない?

自分だけ、お兄ちゃんの共犯者になって……。

こっそり、秘密を共有して……。

お兄ちゃんの弱みを握ったつもりになって……あたしたちを見下してたのよ。

許さないんだから。

絶対に、許してなんかやらない。

だって……。

そうでも思わないと、膝がくずおれてしまいそうなんだもの。

あたしはもう、お兄ちゃんには逢えない。

お兄ちゃんの目をまともに見る勇気がない。

だったら。尚に嫉妬《しっと》するくらい、かまわないでしょ？

そんなふうにしかお兄ちゃんと繋がっていられないのなら、あたしはもう、尚を憎むことしかできないんだもの。

悔夜

消灯時間もとうに過ぎた病室。桜坂一志《おうさかかずし》は天井の一点を見据えたきり、まんじりともしなかった。

野上光矢《のがみこうや》に刺された傷がジクジク疼いて眠れない——のではない。

刺された憤激より、傷の痛みより、篠宮尚人《しのみやなおと》のことを考えただけで頭の芯が疼きしぶった。ヒリヒリと、ズキズキ……と。こめかみを締め付ける搏動《はくどう》に心臓までキリキリと痛んで、眠れなかった。

「ねえ、桜坂。俺は、野上が桜坂を刺した気持ちを知りたいんじゃない。俺が知りたいのは、桜坂が刺された理由でもない。野上のやったことじゃなくて、俺は桜坂の気持ちが知りたいんだよ」

昼間の電話。受話器越しに響いてくる尚人の真摯《しんし》な言葉が、容赦なく桜坂を突き刺す。

本館校舎の学習室で桜坂が野上に刺されたのは、紛れもない現実で。だから、

『いったい、なぜ？』

『——どうして？』

『そんなことになってしまったのか？』

誰もが皆その元凶となった『理由』と『動機』を求めて桜坂を問い詰めるのに、尚人だけが

……違う。

「桜坂は、俺がつけられないケジメをつけてくれようとしたんだよね？」

自分を気遣ってくれているのが丸わかりな口調が、耳の奥底にこびりついて離れない。

「ゴメンね、桜坂。俺がグダグダしてたから」

尚人にそんなことを言わせた自分が、ただもう無性に腹立たしくて。自分のしでかしてしまったことに何の言い訳もできないことが、あまりに情けなくて。……悔しくて。頭の芯が冷たく痺れてしまった。

「ウン。だから、ありがとう」

その言葉が、グッサリと重い。まるで、その瞬間、受話器越しに心臓を鷲掴《わしづか》みにされたような気がした。

（マジ……サイテーだろ）

自分の軽薄さを呪《のろ》いたくなる。

抉《えぐ》られた傷より、胃がキリキリと痛んだ。喉元を締め付けるように込み上げてくるモノは、灼熱感《しゃくねつかん》にも似た悔恨だ。

まさか……こんなことになるとは思ってもみなかった。いや……能なし《バカヤロー》の常套句《じょうとうく》を、こんな形で自分が否応なく実感する羽目になるとは思いもしなかった。

今、自分がどんなバカ面を曝《さら》しているのか。それを思うと、鏡を直視するのが怖い。見れば、滾《たぎ》り上がる激情をこらえきれずに鏡の中の自分を殴りつけてしまいそうで。

ギリギリと奥歯が軋《きし》る。噛んでも、潰《つぶ》しても、歯列を割って滲《にじ》み出る苦汁は止まらない。逆ギレした野上に刺されるなんて、思いがけない失態どころか予想外の大誤算もいいところであった。

同じ後悔をするのなら、何もしないであとで悔やむよりも失敗を教訓にして精進する方がいい。それが桜坂のポリシーだったわけだが、今度ばかりは、できるものなら有ったことを無かったことにして時間を元に戻してしまいたい。

(こんなの……最悪通り越して凶悪じゃねーかよ)

自分の言動がいかに傲慢《ごうまん》で浅慮きわまりないものであったのかを、骨の髄《ずい》まで思い知らされたような気がした。

心に深々と刻まれた傷は、同じ痛みを知る者にしか癒やせない。それを理由に、野上が尚人の善意をタダ喰《ぐ》いするのが許せなかった。

甘ったれて、寄りかかって、好き勝手に道理をねじ曲げて。度を超したその依存ぶりが目に余った。

いつまでたっても自分の足で立って歩こうともしない野上にムカついて、苛ついて、その名前を耳にするだけで反吐《へど》が出そうだった。

「やりはじめたことにケジメをつけるタイミングを見極めるのって、ホント、難しいよね」

いつになく疲れたようなため息まじりで尚人がそれを口にしたとき、桜坂の中で、何かが──プッツリと切れてしまったのだ。

このままじゃ、いつか、尚人が疲労困憊《こんぱい》して倒れてしまうのではないか。ボランティアとは無償の善意を負担にならない程度に分け与える行為であって、強制すべきものではない。なのに、誰も、その異常性を問題にしない。まるで、それを口にすることが禁忌《きんき》に触れでもするかのように。

気丈そうに見える尚人が心に思いがけない爆弾を抱えているのを垣間見《かいまみ》てしまったその日から、桜坂は、尚人がストレスを抱え込むことが一番の気がかりだった。

「あんなことがあっても、篠宮がきっちり自分の足で立ってるのはわかってるけど。ンでもって、やっぱ、篠宮ってスゲー……とか思っても。なんか、あいつがごくフツーに『俺は大丈夫』…って顔をしてるのを見るたびに、おまえはもっと自分勝手になれぇぇッ──とかさ」

中野《なかの》の懸念は期せずして、そのまま桜坂の危惧《きぐ》になった。だから、だ。

けれど。尚人のために……と言いながら、その実、桜坂のやったことは独り善がりの蛮勇にすぎなかった。

野上に刺されて、桜坂は、初めてそれに気付いた。いや──思い知らされた。自分の中にある欺瞞《ぎまん》と、詭弁と、独善を……。

そして。その代償がいかに高くついてしまったのか、それを思うと、桜坂は悔やんでも悔やみきれずにただ歯噛みせずにはいられない。

野上に刺されたことは、自分の傲慢さに対する天罰だったかもしれない。そんなふうにも思えて……。

だからといって、野上のやったことの正当性を認めるつもりはないし、野上に対する嫌悪感が消えてなくなるわけでもない。ましてや、口に出したことを撤回するつもりもない。刺されたことはあくまで結果論であって、桜坂は、自分の言ったことが間違っているとは思っていないからだ。

けれども……。

（篠宮を……めいっぱい傷つけちまった）

自分が野上に刺された現場を目の当たりにして尚人が例の発作を起こしたと知ったとき、桜坂は、頭が芯から冷えた。

自分の思い上がった行動がどういう結果をもたらしたのか。それを思って、マジでパニクった。

どうやって尚人に謝ればいいのか……わからない。

何を、どうやったら許してもらえるのか。一晩中、考えて。考えても、まるでわからなくて。尚人に電話をするのが、尚人の声を聞くのが——怖かった。

なのに。尚人は、そんな桜坂を頭ごなしに糾弾するでも罵倒するでもなく、

『ゴメン』

——と言い。

『ありがとう』

そんなことまで口にした。

だから。桜坂は、もう、何も言えなくなってしまった。どんな言い訳も、謝罪の言葉も、口にすればただの詭弁《まやかし》になってしまうような気がして。

みっともなくて、泣けてくる。

思うさま詰《なじ》られて、責められれば少しは楽になれる。無自覚にそんな逃げ道を残していた痛憤に気付かされて、歯嚙みせずにはいられなくなる。

今にして思えば。ある意味、桜坂は高を括《くく》っていたのだ。自分が空手の有段者——強面の硬派であることに。だから、二ヶ月も引きこもっていた出戻りの野上などと簡単にあしらえると甘く見ていたのだ。

自分なら、何があっても冷静に対処できると自惚《うぬぼ》れていたのだ。

いや……。野上が逆ギレする可能性など、欠片《かけら》も頭になかったと言った方が正しいかもしれない。

野上があそこまで鬱屈していた切迫感を読み違えたのではなく、桜坂自身が驕《おご》っていたのだ。

そのことを、桜坂は痛感する。

独り善がりの正義感。その罪と――罰。

『篠宮尚人の番犬《ガーディアン》』

そう呼ばれることの意味を、履き違えてしまった。

（――痛い）

刺された傷跡よりも、心が。

自分の軽はずみな行為が、粋がって先走ったツケが、すべて尚人に跳ね返ってしまう。それがただの危惧ではなく現実問題として確実に降りかかってくることを思うだけで、桜坂は、噛み殺しきれない悔恨で腹《はらわた》が捩《よじ》れそうになった。

眠れない。

どうやったって、眠れそうにない。

後期課外授業まで十日あまり。気力と根性で怪我《けが》を治す。尚人には、そう言ったけれど。結果論というにはあまりに痛すぎる問題が山積みで、桜坂の安眠は更に遠かった。

スタンド・イン

その夜。

仕事先から二日ぶりに我が家に戻ってきた雅紀《まさき》の顔を見るなり、

「雅紀にーちゃん。いいかげん、どうにかしろよ」

眉間に縦皺《たてじわ》を刻んで、裕太《ゆうた》が言い放った。

(おまえ……いきなり、それかよ?)

極めつけのエゴイストを自認する雅紀とは別口で、何があっても決して自分からは折れない筋金入りの意固地である末弟に、気配りの達人である尚人《次弟》ばりの『お帰りなさい』の笑顔など端《はな》から期待はしていないが。それでも。ハードなスケジュールをこなした仕事明けの深夜、自室で寛《くつろ》ぐ間もなく投げつけられる台詞《せりふ》は、けっこう耳に痛い。

裕太の言い様にイラっとくるのではなく。

条件反射でムカつくのでもなく。

それが素直に耳に痛いと感じるほどには、雅紀としても『マズイな』という自覚はあったからだ。

「……ナオは?」

「相変わらずドツボのループに嵌《はま》ってるよ」

ブスリと、裕太が漏《も》らす。

ある意味、予想通りの答えが返ってきて、雅紀の口から小さくため息がこぼれた。

「メシは、ちゃんと食ってるか?」

「ウサギ並みのベジタリアン」

偏食キングの裕太がそれを言うくらいなのだから、食が細くなっているのは間違いないのだろう。尚人《なおと》の言う『大丈夫』がいかにアテにならないか、今更のように思い知ったような気がした。

夏休みに入って、前期課外授業の最終日。クラスメートである桜坂《おうさか》が学習室で下級生の野上《のがみ》に刺されてから、今日で一週間。その痛みと責任を我が事のように感じている尚人の顔からは、曇りが取れない。

真っ昼間、校内で起こった傷害事件。皆が揃《そろ》って『予想不可能な事態』に呆然《ぼうぜん》絶句し、震撼《しんかん》が走った。

けれども、事件そのものに尚人はまったく無関係。

それは、誰の目にも明らかなことである。被害者である桜坂自身が『自分勝手に先走って悪かった』と後悔の念に駆られて落ち込むことはあっても、誰も尚人を責めたりはしない。

だが。事件の経緯が経緯だけに、尚人は桜坂が刺された責任の一端が自分にあると頑《かたく》なに思い込んでしまっている。

それでも。尚人は逃げなかった。現実から目を逸《そ》らさずに、野上相手にきちんと自分のケジメをつけに行った。

なんの身内贔屓《びいき》なしで、偉いなと思う。雅紀には真似《まね》のできない真摯さだ。

この世の中、本音でモノを言って誰かを傷つけるのはキツイし、辛いし、痛い。

だから、本心はどうでも、臨機応変に当たり障りなく建前論で済ませてしまうのが楽。自分が傷つかないためにあれこれ理由をこじつけて楽な方に流されてしまうのは、しごく簡単なことだ。

尚人は、そうしなかった。

そんな尚人が、愛《いと》しくて。慕《いと》しくて。溺愛《いと》しくて。雅紀は、思いっきり抱きしめてやりたくなった。

とりあえず、自分に嘘をつかなければ他人に優しくなくてもいい。たとえ、それで誰が、どんなふうに傷ついたとしても、そこまで責任は持てない。それが、雅紀の持論だ。傲慢だとバッシングされようが、赤の他人に何をどう思われようが、雅紀はまったく気にならない。

そういう気質は、裕太にもしっかり受け継がれている。

雅紀のそれが他人に対する無関心ならば、裕太のそれはきっぱりと排他的だ。

その分、兄弟間の根深い確執と歪《ゆが》んだ執着は濃密すぎて、もはやボーダーラインすらもが曖《あい》昧《まい》なのに情動のベクトルはきっちりと明確なのだった。

雅紀と裕太は、尚人を挟んで対極にある。

雅紀は、ずっとそう思っていたが。尚人が、自転車通学の男子高校生ばかりを狙《ねら》った凶悪な暴行事件の被害者になって以来、裕太の中で価値観の優先順位が激変してしまった――ようだ。

雅紀の場合は、持て余す劣情を泥酔の果ての強姦《ごうかん》という最悪な行為で踏みにじってしまったことで、禁忌《タブー》も良心《モラル》も一気に瓦解《がかい》してしまったわけだが。どうやら、性格と思考は別方向でも、根本的なところでそっくりであった――らしい。

やはり、血《DNA》は争えない。

冗談でもそれを口にすると、唾棄すべき実父の存在《視界のゴミ》が脳裏をちらつくのだけが業腹だったりするが。

「ドツボでループするナオちゃんってさ、見てるだけでウザイ。だから、どうにかしろって」

それは、つまり。

無視したくても、無視できない。

視界の端がウザくて、イラついて。深夜、尚人が寝てしまったあとも、雅紀の帰宅を待ち構えて一発ブチかまさずにはいられないほど尚人のことが心配でしょうがない。そういうことなのだろう。

(変われば変わるもんだよなぁ)

人のことを言えた義理ではないが。ことさらに『ウザイ』を強調する裕太のへそ曲がり具合を、今更どうこう言っても始まらない。

「——わかった。考えとく」

それを口にすると、目に見えて肩の強ばりが抜け、裕太の眉間の縦皺がたちどころに消え失《う》せる。

（こういうところは、スゲーわかりやすいんだけど）

「ンじゃ」

それだけボソリと呟《つぶや》いて、裕太はそそくさと自室に引きこもる。

ふと腕時計を見れば、すでに午前二時を回っていた。

（とりあえず、俺は昼まで爆睡……かな）

それを思い、雅紀はゆっくりと自室のドアを開けた。

§§§§　§§§§　§§§§　§§§§

「え？　水族館？」

いきなり、何？

まるで、わけがわかんない。

――とでも言いたげに、尚人はビックリ目を見開いた。

「そう。神原《かんばら》のマリン・ワールド」

「え……と、マンタが見られるっていう？」

ゆっくり。

まったり。

のんびり。

回遊するマンタを三百六十度のパノラマ水槽で満喫しよう。

確か、一番のウリがそれだったような気がする。

「スゴイらしいぞ」

関東圏では最大の規模――らしい。大規模な改修工事が終わって五月連休前に再オープンしたと、テレビのニュースでもやっていた。

「シャチのショーもやってるらしい」

それは……知らなかった。

「そこに、行くの？」

「あー」

「でも、雅紀兄さん。仕事は？　大丈夫なの？」

なんで、いきなり水族館？

——よりも、尚人としてはそっちの方が気になる。

このところの雅紀は超ハードスケジュールである。仕事がら、家に帰ってこられない日も多い。

普通のサラリーマンと違って、週休などないも同然。

後期課外が始まるまでは夏休みタイムの尚人は何も問題ないが、水族館に行くためだけに日帰りなど、雅紀にはかえって疲れるだけだろう。

「だから、俺とナオで二泊三日のプチ旅行」

「ええええええッ」

思わず素っ頓狂な声を張り上げて、尚人はマジマジと雅紀を凝視する。

まさか。

……そんな。

………マジで？

心の声はダダ漏れだったのか。雅紀はクスリと笑った。

「俺も、夏休み《サマー・ホリデー》だよ。今年前半は鬼のように働いたからな。たまには俺も、温泉でも浸《つ》かってゆっくり充電《リフレッシュ》したいと思って」

そうは言うが。夏休みに入るまでは、雅紀の口からそんな話はチラリとも出なかった。

カリスマ・モデルとして名を馳《は》せる雅紀が、いかにハードなスケジュールをこなしているか。

それは、近年ますます多忙を極め、家を空ける回数も半端ではないことでもよくわかる。

『一番恐《こわ》いのは、真っ白なスケジュール帳』

などと、冗談まじりに雅紀は言うが。たぶん、本音だろう。

雅紀は、自分たち弟妹《きょうだい》を養うために働いているのだ。十七歳の頃から、ずっと……。

なのに、このタイミングで、雅紀が取って付けたように温泉旅行《サマー・ホリデー》を口にする不自然。

嫌でもわかってしまう。雅紀が、強引に休暇をもぎ取った理由が。

誰のために。

何のために。

その言葉はグッと呑み込んで、

「……まーちゃん、無理してない？」

上目遣いに雅紀の顔を覗《のぞ》き込む。

――と。雅紀はテーブル越しにやんわりと手を伸ばして、

「俺が行きたいんだって。おまえと……」

尚人の前髪をクシャリと梳《す》いた。

「ナオは？」

「俺？　俺は、まーちゃんとならどこでも……」

「じゃあ、決まりだな?」

「ホントに……いいの?」

カリスマ・モデルの『MASAKI』が水族館なんて、ちょっと……どころか、マジでヤバイのでは?

特に、今は夏休みだ。そういう超目玉なスポットなら、よけいにマズイのではなかろうか。

「そこ、夏休み特別企画っていうか、入場者限定でナイト営業もやってるらしいから」

「そうなの?」

「さすがに、ナイトじゃシャチのショーは見られないけど」

「俺、まーちゃんと行けるなら、シャチなんかどうでもいいよ?」

本音こぼれまくりである。

「夜の水族館なんて、デートにはもってこいだろ?」

片頬で、雅紀が笑う。

デート?

あくまで、落ち込んでドツボに嵌ってる自分を気分転換させるための気遣い。尚人はそれしか頭になかったが。

(まーちゃんと、夜の水族館で……デート?)

まったく予想外の言葉に、思わず呆然となる。

雅紀と――デート。

それを想像しただけで、尚人は耳の付け根まで真っ赤になった。

そのとき。尚人は『雅紀と二人でプチ旅行』それればかりに気を取られていて、裕太のことはきっぱり度外視――まったく眼中にもなかった。

その後、それに気付いて。

(裕太……ゴメン)

別の意味で、どっぷり深々と落ち込んだのだった。

§§§§　§§§§　§§§§　§§§§

プチ旅行、当日。

この時期は世間で言うところのお盆休みとも重なって、高速道路は混むだろうと早めに家を出たのが正解だったのか。途中の休憩を差し引いても、当初の予定よりも早くホテルに着いた。

朝が早かったから眠くなったら寝ていてもいいと、雅紀は言ったが。修学旅行を別にすれば旅行なんて小学生以来のことで。

『嬉《うれ》しい』

『楽しい』

『ドキドキ・ワクワクが止まらない』

朝から妙にハイテンションな尚人は、睡魔の『す』の字も襲っては来なかった。

たとえ万が一眠くなったとしても、仕事明けの雅紀にだけ運転させて自分は助手席で爆睡……なんて、それこそ罰当たりのような気がして。意地でも起きていようと思ったが、幸い、それもただの杞憂《きゆう》に終わった。

とりあえず、水族館のナイト営業の時間までホテルでゆっくり休憩……。

地下駐車場に車を止めて、専用エレベーターでロビーに上がる。

「ナオ。先にチェック・インしてくるから、適当に座って待ってろ」

「うん」

慣れた足取りで、雅紀はカウンターに向かう。

夏休み中とあってか、広々としたロビーは家族連れで賑《にぎ》わっている。

だが。そのうち、ロビー内が別の意味でざわつき始めた。

「ねぇ。あれ……『MASAKI』じゃない？」

「ウソ」

「きっと、他人の空似よ」

「そうよ。あの『MASAKI』がこんなとこにいるわけないってば」

聞き耳を立てているわけでもないのにごく自然に耳に入ってくるざわめきに、尚人は内心ドキリとする。

雅紀はサングラスにキャップ姿だが、ごく普通のジーンズにTシャツというラフな恰好《かっこう》であっても、それで本来の美貌と完璧八頭身のスタイルが損なわれるわけではなく。むしろ、一般人に交じっているとその頭抜けた長身が更に際立って、言わずとしれた視界の吸引力だ。

ファッション雑誌に興味がある・なしにかかわらず、一連の会見報道により、雅紀の顔は日本中の津々浦々にまで知れ渡っていると言っても過言ではない。

「わっ、『MASAKI』だ」

「ホントに?」

「マジ、本物?」

「なんで、ここにいるわけ?」

ざわめきは『MASAKI』という名前をもって、更に大きなウエーブになる。単に、

(うわ……まーちゃんスゴイ)

我が兄の人気ぶりを改めて実感する――どころではなくなってしまった。

ざわめきはざわめきを呼び、ロビーはチェック・インのカウンターを遠巻きに囲む人垣でアッという間に埋め尽くされてしまった。

それでも。ミーハーなファンには付き物の嬌声《きょうせい》も奇声も上がらず、耳障りな携帯のシャッター音さえ鳴らないのは、ただ立っているだけで雅紀が醸し出す存在感に圧倒されているせいもあるだろうが。今や、

『辛辣《しんらつ》』

『酷薄』

——が、代名詞も同然な『MASAKI』の地雷を踏んだら最後、情け容赦ない物言いと氷点下の眼差《まなざ》しで滅多斬りなのが定説になっているからだ。

衆人環視のど真ん中。筋金入りのマゾでもなければ、誰も好きこのんでそれを実体験したいとは思わないだろう。

雅紀《実兄》としての素顔とは違うカリスマ・モデル『MASAKI』としての実態をまざまざと見せつけられたような気がして、尚人は声もなく固まる。

——と。

「スゴイな」

「……まさに」

すぐそばで、頭の上から感嘆の声が落ちてきた。

「あるんだなぁ、こんな偶然って」

（……あれ？）

「むしろ——思いがけない奇跡？」

「俺は、まさに運命ってやつを感じるけど？」

（この声……）

「今日ばかりは、否定できないな」

「ホントに、地獄に仏って感じ」

（もしかして……加々美《かがみ》さん？）

まさか。

——ホントに？

半信半疑でそれを思って、ぎくしゃくと視線を上げる。

すると。

まるで、それを予期していたようにきっちり尚人の視線を受け止めて。

「こんにちは、尚人君。お久しぶり」

加々美蓮司《れんじ》がニッコリ笑った。

§§§§§§　§§§§§§　§§§§§§　§§§§§§

眺望満点の最上階スイート・ルーム。

チェック・インの列で順番待ちをしていた雅紀は、いきなり問答無用で尚人ともども加々美にこの部屋に連れ込まれて。

なんで、加々美さん？

しかも。『アズラエル』の統括マネージャーの高倉《たかくら》さんまで？

いったい――何？

何がどうなっているのか、訳もわからないまま。挨拶もそこそこに思ってもみない話をいきなり切り出されて、

「はぁぁ？」

くっきり深々と眉間に皺を刻んだ。

「だから、ピンチもピンチ。地獄の瀬戸際に立たされて、あとはみんな、せーので飛び降りるしかないってときに、まさに奇跡の救世主様がご降臨あそばした――って、とこ？」

「何が、ですか？」

「今日、この場におまえがいるってことが」

つまり――要約すれば。

今日の午後、予定していたCM撮影で。まるで、何かに呪われているとしか思えないような

肝心かなめのモデルが不在という予定外のアクシデントとハプニングが続出し、この撮影を依頼されたカメラマンが怒り爆発。ついには、撤収宣言をブチカマし。現場はすっかりパニック状態——ということらしい。

いかにもありがち……とは、一概には言い切れないが。くだらないプライドを振りかざしては些細《ささい》なことでゴネまくる、スタッフ泣かせのカメラマン&タレントがいるのは本当のことだ。

現場的には、そういうトラブル体質な人間とは極力仕事をしたくないが、トップはそんな現場の苦労とは別口の結果しか見ない。

「そのカメラマンって、誰なんですか?」

「伊崎豪将《いざきごうしょう》」

「——あの?」

「そう。その『GO・SYO』だ」

とたん。雅紀の眉間の縦皺は更にくっきりと濃くなった。

伊崎は普段『GO・SYO』という名前で風景を専門に撮るネイチャー・フォトグラファーで、特に『月』と『森』を撮らせたら若手の中ではピカイチだと言われている。

今どき、風景だけでバカ高い写真集《ハードカバー》が万単位で売れるようなコアなファンが付いているのは、おそらく伊崎だけだろう。

その伊崎が本名でごくたまに、滅多に撮らない『人間』を撮る。しかも、その切り口が斬新で、すこぶる評価も高かった。

——が。

天は二物を与えず？

才能と人間性はきっぱり別物？

伊崎は、業界的にはもっとも扱いづらいカメラマンの五指に入るほどの偏屈だった。

……いや。偏屈と言うより、一般常識の通用しない独自のこだわりがあり、それが自然相手であろうが人間相手であろうがまったくお構いなし——というだけのことなのだが。

「その『GO‐SYO』が、俺をご指名なんですか？」

「……そう」

「本番前の繋《スタンド・イン》ぎに？」

「まぁ、ぶっちゃけて言えば」

（……あり得ねー）

内心、雅紀は唸《うな》る。

「それはただの嫌がらせでゴネてるっていうより、この件からの完全撤収っていうか、契約破棄のための口実でしょう」

誰が、何を、どう聞いても、それ以外にあり得ない。

違約金云々《うんぬん》を吊《つ》り上げるためのゴネ得・ゴネ損の損得勘定と言うより、完璧、伊崎がヘソを曲げてしまったのだ。

大まかな説明を聞いた雅紀でさえそれがわかるくらいなのだから、加々美が気付かないはずがない。

――いや。わかっているからこその、この状態……なのだろうが。

何はともあれ。『ＭＡＳＡＫＩ』がただの代役《スタンド・イン》など、天地がひっくり返ってもあり得ない。それを承知の上で、そんな土壇場の無理難題を吹っかけているのだとすれば、それは伊崎の、『もう、この仕事はやりたくないッ！』

――という確固たる意思表示で。契約破棄も辞さない口実にすぎない。

今回のクライアントである『薔薇社《そうび》』にとっても、スポンサーである『鳳凰堂《ほうおう》』にとっても、タレントのマネージメントを請け負った『アズラエル』としても、それは大問題だろうことは想像に難くない。加々美の言う『呪われているとしか思えないアクシデント』が冗談ではないとすれば、伊崎側にはなんの落ち度もないに違いないのだから。

「だから、おまえは奇跡の救世主様なんだって」

「嫌ですよ」

間違っても、そんなモノには祭り上げられたくない。

「第一、今、俺はオフです。このためだけにようやくもぎ取った休暇なんですから。それもただ働きのスタンド・インなんて、冗談じゃないですよ。まったく、ぜんぜん、やる気ないですから」

「そこを曲げて、なんとか頼む」

「だから、ダメですって。いくら加々美さんの頼みでも、できないものはできません」

加々美がこれだけ無理難題とわかっていて頼み込んでくるということは、それだけ『アズラエル』としても切羽詰まっているということなのだろう。普段は滅多に現場には出てこない高倉がここに出張ってきているということ自体、なにやら大事になっているらしいことはわかる。

――が。

嫌なものは、イヤ。

できないことは、やりたくない。

本番前の代役なんか雅紀のプライドが許さない――というより、ようやくもぎ取った休暇を、い、い、い、そんなことでダメにしたくなかった。

加々美には悪いが、所詮、雅紀にとっては余所事《よそごと》である。

たとえ加々美が相手であっても、後々のことを考えれば、他の事務所のトラブルを好んで引っ被《かぶ》る気にはなれない。

それよりも何よりも、今は完全オフであり、雅紀にとっては尚人との約束が最優先事項である。誰が何と言おうと、その優先順位は揺るがなかった。

「だから。カリスマ・モデルの『ＭＡＳＡＫＩ』じゃなくて篠宮《しのみや》雅紀なら、何の問題もないだろ?」

「はぁぁ? なんですか、それ」

「天下の『ＭＡＳＡＫＩ』をただのスタンド・インなんて、そんなおっそろしいこと、誰も振れやしないけど。たまたま偶然、オフのおまえがここにいて。たまたま偶然、俺に強引に頼み込まれて仕方なくタダ働きをする羽目になった。そういう筋書きなら、どこからも文句は出ないだろ?」

たまたま偶然——をことさらに強調する加々美に、一瞬、雅紀は真剣に呆《あき》れ返った。

相変わらずの口調でも、加々美の双眸《そうぼう》はめっきりマジだった。

「このことは現場のスタッフ以外、絶対にバレないようにするから。な? 頼む、雅紀。今ここで伊崎に逃げられたら、関係者の首が飛ぶだけじゃ済まないんだって。もしやってくれるのなら、今回のフォローも含めて、『オフィス原嶋《はらしま》』への根回しは高倉が責任を持ってきっちりやっておくから。——頼む」

深々と加々美に頭を下げられて、雅紀はひとつ深々とため息をついた。

ふと視線を逸らせば、ソファーに座ったまま事の成り行きを心配そうに見ている尚人とバッチリ目が合った。

「――わかりました」

とたん。加々美は心底安堵《あんど》したようにフーッと息をついた。

「あとあと面倒なことにならないように、フォローはきっちりお願いします」

「もちろんだ」

「スタンド・インで撮ったモノは、すべて破棄することが条件ですから。それ、『GO‐SYO』側にもきっちり念を押しておいてください。というか、あとで揉《も》めないように向こうの念書、ちゃんともらっておいてもらえますか？」

「わかった。そのほかには？」

「現場には、ナオも連れて行きます」

「あー。よけいな虫が付かないように、俺が責任を持ってちゃんと見てるから」

言わずもがなな台詞を先にサラリと吐かれて、雅紀は思わず苦笑した。

§§§§§　　§§§§§　　§§§§§　　§§§§§

「ねぇ、まーちゃん。星がすっごく綺麗だね」

「そうだな。まさに、ミルキーウェイって感じ?」

プライベートな内風呂……それも、天然温泉掛け流しの露天風呂に浸かって、じっくり夜空を眺める。

「よかったのかなぁ。俺たちだけ、こんな贅沢《ぜいたく》しちゃって……」

「いいんだよ。これは、タダ働きのご褒美《ほうび》なんだから」

予約していたホテルは、結局、キャンセルして。今、雅紀と尚人は山間《やまあい》の静かな温泉旅館『白鷗邸《はくおうてい》』にいる。

もちろん、キャンセル料金は加々美持ちである。それは加々美のポケット・マネーではなく、ここの支払いともども当然『アズラエル』の必要経費で落ちるに決まっている。なにしろ同行者が高倉なので、そこらへんのところはどうとでもなるに違いない。

とにかく、静かだ。

聞けば、ここは一見《いちげん》さんお断りの会員制旅館《クラブ》らしい。

旅館といっても一部屋が独立したコテージ風になっており、室内電話で用件を告げない限り仲居はやってこない——らしい。

なので。雅紀としては、その特権を大いに活用させてもらうことにした。

「でも、俺、まーちゃんが仕事してるとこ初めて見学できて、ちょっと得した気分」

「そうか?」

「うん」

こっくり深々と、尚人が頷《うなず》く。

「だって、今日みたいなハプニング…っていうか、あーゆーことって、もう二度とないでしょ？」

次は、絶対にない。

雅紀だけではなく、関係者一同、肝に銘じたことだろう。

この間、雅紀に携帯を届けに行ったときには、その仕事ぶりを見学するチャンスはなかった。

本音を言わせてもらえば。ちょっとだけ、見てみたい気もしたが。雅紀には雅紀の領分がある。そこに断りもなく土足で踏み込むようなマネなど、できるはずもない。

仕事モードに入った雅紀にとって、自分のような部外者は視界の中の異物でしかないと思ったからだ。

だが、今回は違う。

だから、心置きなく。

それこそ、じっくり。

ドキドキと逸《はや》る気持ちを視線に込めて、ただひたすら雅紀を追った。

「まーちゃん、すっごくカッコよかった」

本番前の代役だから、着ているモノも最新モードなどではなく私服——ただのジーンズとTシャツにすぎなかったが。雅紀が醸し出す圧倒的なオーラの前では、なんの妨げにもならなかった。

この手のモード誌の主役はあくまで『衣装』だが、それも着こなすモデルの存在感があってこそ……なのだと。

ただ『カッコイイ』のではなく、その言葉《フレーズ》すらもが陳腐に思えてくるほど、濃密な存在感が際立っていた。

(仕事モードのまーちゃんって、こんなスゴイんだ?)

カリスマ——と呼ばれる真髄を、尚人は初めて思い知ったような気がした。

雑誌やCMで露出する『MASAKI』なら、尚人もそれなりに見慣れてはいるし。それはそれで、思わずため息がこぼれてしまうくらいに圧巻だったが。業界人《関係者》でもなければまず目にすることはできないに違いないバックステージを生で見るリアル感は、尚人の予想をはるかに上回る感動と高揚感であった。

見るモノすべてが新鮮で、耳慣れない業界用語が頭の上を飛び交うだけでドキドキしっぱなしだった。

(生《ナマ》の迫力って……スゴイ)

言ってしまえば、それに尽きた。

なにより。雅紀と、雅紀を取り巻く緊迫感が半端ではなかった。

『スタンド・イン』というのはあくまで本番前の代役で、尚人的には、もっと単純にリラックスムードなのかと思っていたのだが……。それが、素人考えであることを痛感させられた。単なる部外者というよりはただのオマケにすぎない尚人にもそれがヒシヒシと伝わって、ある意味、鳥肌だった。

　ホテルでの雅紀と加々美の話しぶりから『伊崎豪将』というカメラマンが、とても気難しい人物なのだということは尚人にもおぼろげにわかったが。実際に本人を目の当たりにすると、百聞は一見に如《し》かず——なのがよくわかった。

　その第一印象というのが。

（わっ……グリズリーみたい）

　強烈だった。

　デカくて。

　ゴツくて。

　——シブい。

　その上、なにやらド迫力。

　雅紀とも加々美とも違った意味で、ひどく個性的だった。

　カメラマンという職業柄なのか、眼光がやたら鋭くて。一瞬ジロリと視線が絡んだだけで、尚人は下腹がズンと重く痺れたような気がした。

そんな男とファインダー越しに、雅紀は堂々と渡り合っていた。まぁ、そうでなくてはカリスマ・モデルなどとは呼ばれはしないだろうが。

静まり返った室内で、やたらドスのききまくった声で伊崎が指示を飛ばす。そのたびに無言でポーズを取る雅紀の目は真剣そのもので。単なる代役のノリとは程遠かった。

それどころか。何か……二人の間で目に見えないバリア光線がバチバチと火花を放っていたように思うのは、尚人の錯覚だろうか。

「俺みたいなド素人があれこれ質問しても、加々美さん、ちゃんとわかりやすく教えてくれて。タダ働きのまーちゃんには悪いけど、退屈してる間がないくらいに楽しかったよ」

嘘ではない。

我が家では絶対に見ることができない雅紀の一面を、思うさま堪能《たんのう》することができた。

「なら、よかった」

撮影場所は、休館中の美術館で。その許可を取るために、各方面に対して根回しにずいぶん時間をかけてようやく今日一日借り切ることができたらしい。

（まぁ、これで伊崎に逃げられたら、そりゃ、関係者の首が飛ぶだろうなぁ）

現場に来てようやく、それを実感した雅紀であった。

雅紀は、伊崎とは初対面だったが。加々美に伴われて現れた雅紀を見て、伊崎のみならず、関係者はまさに呆然自失だった。

それは、そうだろう。

今日の今で、超多忙な『MASAKI』が、それもスタンド・インのためだけに現れるなど、あり得ない非常識であった。

すでに、機材も畳んで撤収する気満々だった伊崎にしてみれば、自分が言い出した無理難題が思わぬ形で実現する羽目になって、それこそブラック・ジョークもいいところだったかもしれない。

まさか、その意趣返しではないだろうが。思わぬアクシデントで大幅に遅刻しているらしい主役が来るまでの繋ぎ——あくまで急場凌《しの》ぎの代役にすぎないのに、伊崎はやたら注文がうるさかった。

雅紀にしても。別に、カメラ合わせのリハだから手を抜いて当然……そんなふうに思ってはいないが。タダ働きでもしっかり扱《こ》き使うのがポリシー……ばりにあれこれうるさく注文をつける伊崎に、

(もしかして、ヤケクソの嫌がらせか?)

それを思わないでもなかった。

言ってみれば、雅紀的には疲れるだけで何の得にもならないタダ働きだが。しかも、予定していたナイトの水族館もキャンセルを余儀なくされ……。その報酬がこの『白鷗邸』なら、そ

の気苦労も少しは報われるというモノだ。

かなり遅めの夕食は美味だったし。完全個室の露天風呂のオマケ付き。誰にも邪魔されずに尚人と二人でゆっくり温泉気分に、身も心も癒やされる。

「ホント、気持ちいい。手足伸ばしてもまだ余裕……って言うか、この露天風呂、泳げちゃいそうなくらい広いし」

うっとり目を細めて、尚人の頭がわずかに沈む。

冴《さ》え冴《ざ》えとした月明かりだけが差し込んだ湯船には、雅紀と尚人の二人だけ。それだけで充分満ち足りて、癒やされ、幸せな気分になる。

「まーちゃん」

「んー？」

「……ありがと。俺……なんか、元気出てきた」

それが、あまりにトロリとした甘い声だったので。

(可愛すぎだろ、ナオ)

不覚にも、雅紀は思わず下半身がズクリと疼いてしまった。

(ダメだ……。我慢できねー)

——いや。

静かな月明かり。

個室の露天風呂。

尚人と二人きり……。

そんな、とびきり美味《おい》しいシチュエーションで、邪《ヨコシマ》な煩悩《ぼんのう》がムクムクと湧き上がらない方がおかしい。

「……ナオ」

わずかに掠《かす》れ声で、名前を呼ぶと。尚人は返事をする代わりに、トロンと薄く目を開けた。

身も心もとろけきったような、無防備な媚態《びたい》を曝す。

疼いた下半身を更に直撃されて、知らず、コクリと喉が鳴った。

まるで。

『好きなように、俺を喰って』

――と、言われたような気がした。

ただの妄想ではない飢渇感が、雅紀の鼓動を一気に煽《あお》る。

トロリとした流し目が。

ぷっくりとした半開きの唇が。

……リアルに生々しくて。

雅紀は、半ばかぶりつくように尚人の唇を吸った。

夢見心地な状況から、いきなり濃厚なキスを貪られて。

「ンッ……ン…んんッ」

尚人は、パシャパシャと湯の中で喘《あえ》ぐ。

――が。

軽いパニックを起こしたように逃げる舌を強引に絡めてきつく吸い上げると、尚人はおずおずと口腔《こうこう》を明け渡し、やがておとなしくなった。

貪るだけ好きにキスを貪って、雅紀がゆっくりと唇を外す。

……ッチュリ。

やけに湿った交接音は、尚人が漏らす喘ぎに溶けて消えた。

「……ま…ちゃん……」

掠れた声を漏らして、尚人がうっすら目を開ける。

「ここ……じゃ…ヤだ……」

「何が?」

「だ……から……」

湯の中ですっかり立ち上がったモノを雅紀が握り込むと。

「……ッ!」

尚人はヒクリと首を竦《すく》めた。

「このまま、イっていいぞ?」

イヤ、イヤ……と、尚人は首を振る。

「いいから」

湯の中で握り込まれて愛撫《あいぶ》されるのは勝手が違うのか。

それとも、野外というシチュエーションには慣れないのか。

イヤだ——と言いながらも、尚人の息が上がるのは早い。

たぶん、尚人は首の付け根まで真っ赤になっていることだろう。月明かりだけの屋外では、それを見ることは叶《かな》わないが。

尖《とが》りきった乳首を摘んで押し潰すと、尚人の尻がモゾリと揺れた。

耳たぶを甘咬《あまが》みして。

「ナぁオ？」

「……出して」

射精を促すように、硬く勃起した先端の割れ目を弄《いじ》る。

「でないと、ここ……剝《む》いちゃうぞ？」

——とたん。ビクリと尚人の脇腹が引き攣《つ》れた。

「このまま根元締めて、ここが真っ赤に熟《う》れるまで爪の先でグリグリして欲しい？」

ふるふる……と、尚人が頭を横に振る。

「じゃあ、出して。そしたら、あとで、ナオの好きなトコ……いっぱい舐《な》めて、嚙んで、吸ってやる」

首筋に貼り付いた髪を掻き上げ、チュッと口づける。

「ちゃんとナオがイけるように、お尻の中も……指で擦《こす》ってやるから。……できるな？」

卑猥《ひわい》に囁《ささや》かれて、尚人の腰がわずかに揺れた。

「まー……ちゃん……。ヤだ……そこ……しないで。お湯……お湯……入っちゃう……」

「──大丈夫」

「まーちゃん……まーちゃん……」

舌っ足らずな甘い声で、尚人が下腹を強ばらせる。

「大丈夫。ほら、力抜いてろ」

本当は、そこを剝き出しにして。尖らせた舌先で、襞《ひだ》の一筋まで綺麗に舐めて解《ほぐ》してやりたいが。そんなことをしたら、完璧に気をやって、湯あたりをしてしまうのがオチだろう。

あてがった人差し指で、まずは、ゆっくりなぞる。

そうして、くりくりと弄りながら押し入る。

「う……うぅぅぅッ」

「大丈夫。……恐くない。……痛くしないから。ほら、ナオ、顔上げて」

わずかにしかめた顔を上げて、尚人は浅く喘ぐ。

その喘ぎに合わせて、ゆっくりと指を呑ませていく。

「ほら……大丈夫だったろ？」

コクコクと、尚人が頷く。

ゆったり深々と呑ませた指で、その膨《ふく》らみをほんのわずか擦り上げると。

「ヒャッ……う…ンッ」

尚人の喉が甘く引き攣った。

「ここ……気持ちいいだろ？」

「や……ヤッ……まーちゃん……そこッ……したら……ヤッ……」

「あとで、ここ……俺のでいっぱい擦ってやるから……。ほら、イっていいぞ、ナオ」

クリクリと指で弄って擦り上げる。

「ヒャッ……あっ……あっ……ンッ…あ……」

ガクガクと腰を揺すって、尚人が雅紀に抱きついてくる。

その瞬間。

尚人は、息を詰めて——果てた。

§§§§§　§§§§§　§§§§§　§§§§§

『アズラエル』本社ビル。

きっちりと整理整頓された高倉の執務室。

本革張りの光沢のあるソファーに座って、加々美はコーヒーを飲みながら寛《くつろ》いでいた。

「んー……やっぱ、もったいないよなぁ」

「おまえも、そう思う？」

「だって、これって、まさに絶品だろ？」

そう言って、加々美は手にしたＡ４サイズの写真をテーブルに広げる。

そこには、カリスマ・モデルではない素顔の篠宮雅紀がいた。

決して作り物ではない、ふんわりとした甘い笑顔。

仕事場でも、日常でも、決して見ることができない――見せることのない『ＭＡＳＡＫＩ』の、その場限りの優しい笑顔。切り取られたその視線の先に誰がいるのか……など、わかりきったことだが。

これは、雅紀が家族に――弟だけに見せるレアな顔なのだ。それを雅紀は、あの場で、普段は絶対に見せないプライベートを垂れ流しにしてくれた。

（マジでヤバいっていうか、これって、おまえ。反則だろう？）

あの雅紀が、つい、うっかりで垂れ流し？

（あり得ねー……）

——とは、思うが。スイッチを切った拍子にダダ漏れ……だったりするのは否めない。

弟を見る眼差しが、それはもうビックリするほど柔らかで。とろけるように、甘やかで。雅紀にとって、掌中の珠《たま》であることを隠す気がないのは丸わかり。

スタンド・インで撮った物はすべて破棄する。その念書を取ったにもかかわらず、伊崎がこっそり……いや、まるで当てつけがましく平然と送りつけてきた真意を考えると、どうにも頭が痛い。

「しっかし、あのときのモノはネガ一枚残さないっていうのが約束だからなぁ」

「実は、伊崎から、オフレコで打診があった」

「——なんの？」

「スタンド・インを主役に差し替えることはできないかと」

束《つか》の間《ま》、加々美は押し黙る。

「なんだ。驚かないのか？」

「そりゃ、こんなモンを生で見せつけられちまったら、『GO-SYO』の血が疼いてしょうがないだろうなぁ……とは思った」

「俺は別の意味で、弟にそそられるが？」

「やめとけ。マジで、雅紀に殺されるぞ」

「やっぱり?」

嘯《うそぶ》くように笑う高倉に、加々美は、またひとつ頭痛の種が増えたような気がして盛大なため息を漏らした。

紲《きずな》

真夏の八月。

世間的に言えば、学生は夏休み。

中学の頃から不登校――謂《い》わば『毎日が日曜日』の引きこもりである篠宮裕太《しのみやゆうた》には、別にどうでもいいことだが。

それにしても、全開にした窓から聞こえてくる蟬《せみ》の大合唱がうるさい。まだ寝ていたいのに、うるさくて目が覚める。

猛暑と言われる夏の体感温度よりも、その暑さを脳内増殖させるかのような蟬の声がウザイ。

――が。朝っぱらからどんなにうるさくても、それが自然界の掟《おきて》……夏の風物詩なのだからしょうがない。山火事とか台風とか地震とか、そういう自然災害の恐ろしさに比べれば、季節限定の騒音《安眠妨害》くらいどうってことない。

――はずだ。

それよりも耳障りなのは、我が家の次兄《尚人》のため息だ。

たぶん、尚人《なおと》はまるっきり意識もしていないだろうが。取り立てて用があるわけでもないのに、ごく自然に（同じ屋根の下で暮らしている家族なのだから、ある意味、当然）視界に入ってくるたび、尚人の口からため息がこぼれる。

ひっそり。

……ちょっぴり。

深々と。

……盛大に。

そのバリエーションも多様だ。

『ため息の数だけ幸せが逃げていく』

世間では、そういう言葉があるそうだが。父親が不倫して家族を捨て、その果てに母親が自殺して家族は崩壊。姉《沙也加》一人だけさっさと家を出て行った（そこらへんの事情は複雑で裕太はまるっきり蚊帳《かや》の外だったが）きり、ほぼ絶縁状態。そんな兄弟三人きりの我が家に、逃げていく幸せなどもうどこにも残ってはいないだろう。

それでも。鬱陶しいものは、鬱陶しい。

耳障りで。

目障りで。

——邪魔くさい。

ため息自体がうんざりするほど喧《やかま》しいわけではないのに。

尚人が故意にやっているわけではないのは、わかっているが。

——イラつく。

心理的に。

視界が。

――ウザイ。

けれど。そういうモロモロを、いつもの調子で、

『ナオちゃん。ウザイッ！』

ビシッと吐き捨てるのは、さすがの裕太であってもためらわれる。

なぜなら。そのため息の原因が厄介……いや、すべての元凶だったりするからだ。

一時世間を騒がせた、自転車通学の男子高校生ばかりを狙《ねら》った凶悪な暴行事件。尚人がその被害者になったとき、不運な貧乏くじを引き当てたというより、我が家の事情が事情だから、まるで悪因悪果の連鎖が止まらないようにも思えて、裕太は内心凍り付いた。

なのに。尚人は、もっと自宅療養に徹した方がいいのではないかという周囲の声を押し切って、松葉杖《まつばづえ》をついたまま早々に復学した。

なんで、そこまで。

何のために？

誰のために？

どうして、そうまでして学校に行きたがるのか。

不登校の引きこもりである裕太には、まるっきり理解不能だった。

尚人の通う翔南《しょうなん》高校は、県下随一の進学校である。その制服《エンブレム》は受験戦争の勝ち組の証《あかし》――とまで言われている。

偏差値至上主義がいいのか悪いのかは、知らないが。予習・復習・課外授業は当たり前。そうそう休んでいては授業について行けなくなって、先々に支障が出る。たとえ、そうだとしてもだ。

自分の体調よりも学業を優先したがる尚人の気持ちが、まったくわからなかった。そこまでいくと、クソ真面目を通り越して勉強中毒だ。

――笑えない。

茶化して笑い飛ばそうにも、何の皮肉にもならない。

早朝から深夜まで勉強のしすぎで、どこかイっちゃってるのではないか？

真剣に、それを思わずにはいられなかった。

しかも。尚人の場合はただ勉強だけしていればいいのではなく、篠宮家の家事を一人でこなしているのだ。

使える時間が限られているから、集中力が半端じゃない――のは、わかる。

だけど。それって、変だろ？

毎日が家事と勉強だけ。そんなの、なんか……普通じゃない。

――どころか、メチャクチャ非常識？

家のことは何もやらないで引きこもっているだけの自分が、それを言うのはおかしいのかもしれないが。そんなことを気にするのも、今更のような気もするが。我が家の中ではいたって常識人だと思っていた次兄の思わぬ非常識ぶりを、まざまざと見せつけられた思いがした。

何と言っても。その頃にはもう、暴行事件とリンクして篠宮家の過去がスキャンダラスに暴露されてしまっていたので。

長兄である雅紀《まさき》的には、どう思っているか知らないが。プロフィールは未公開、ミステリアスなイメージが売りだったカリスマ・モデル『MASAKI』の驚愕《きょうがく》の過去に、マスコミは騒然となった。

『他人の不幸は蜜の味』

そういう言葉があることも、父親が家を出て行ってから初めて知った。

大人は遠回しにこっそり噂《うわさ》を垂れ流しにするだけだが、子ども同士はもっとリアルに生々しかった。

裕太は別に、クラスの人気者を自認していたわけではない。どうしても好きになれない奴《やつ》はいたし、どうでもいい連中はどうでもよかったし、その分、気の合う者とはプライベートでも仲がよかった。

友達というのはそういうものだと思っていたから、教師が『みんな仲良く』論をブってもそういう差別化はあるのが当然で、皆に平等に気を遣う必要はないと思っていた。そんな上っ面の八方美人はイヤだったし、する気もなかった。

要するに。人気者ではなかったが、特別に嫌われてもいない。

だが、そうではなかった。

変に憎まれてはいないが、充分、妬《ねた》まれてはいた——らしい。

完全無欠《文武両道》な美貌の長男《雅紀》。

美人でしっかり者の姉《沙也加》。

周りを和ませる癒《い》やし系の次男《尚人》。

そして。言いたいことは何でもハッキリ口にするヤンチャな末弟《裕太》。

自分の家族が『特別』などと思ったことはないが、周囲の目は違った。——ようだ。

できすぎた兄弟に対する羨望《せんぼう》が、そのまま見事に裏返ったとでも言えばいいのか。

陰口、冷やかし、面と向かっての侮蔑。それが我慢できなくて実力行使に出ると、必ず、手を出したほうが悪いと言われた。

そんなのは間違ってる。不公平だッ！——と思ったのも最初のウチだけで。一回殴るのも百回殴るのも説教を喰《く》らうのは同じだと思ったら、ガツガツに殴って二度とそんな悪口雑言《あっこうぞうごん》を言えないようにしたほうがマシのような気がした。

それからは、無言実行……。

そしたら。そのうち、誰も寄ってこないようになった。それでいっそ清々したかと言えば、それはかりでもなかったが。

自分だけが悪いわけではないのに、母親はいつも頭を下げて回った。裕太が殴った理由も問わない。庇《かば》ってもくれない。そんな母親が無性に腹立たしかった。

結局。誰を殴っても、何をブチ壊しても、身体《からだ》の中で荒れ狂うモノは収まらず。根本的な問題は何も解決しないのだと、思い知っただけだった。

だったら、敵だらけの学校に行く意味すらないように思えた。

視界がざわついて、うるさくてしょうがない。無性に、一人になりたかった。

雑音は、すべてシャットアウトしたい。

裕太的にはそういう切実な欲求があり、それが満たされない飢渇感で頭が弾《はじ》けてしまいそうだったのに。沙也加《さやか》には、真っ向から否定された。

『あんたって、ホント、いつまでたっても「お子様」なのね。そうやって、ダダこねまくって、ひっくり返って泣きわめけば、どうにかなるとでも思ってんの？　バッカみたい。いつまでもグダグダ甘ったれてんじゃないわよッ。男なら、あたしたちを捨てていったあいつを見返してやろうぐらいの根性見せなさいよッ！　あんたがクズの落ちこぼれになるのは勝手だけど、あたしたちの足まで引っ張らないでよねッ』

ダダこねまくりの、どうしようもないお子様。

甘ったれの末っ子。

……落ちこぼれ。

耳に痛すぎて、腹に据《す》えかねて、返す言葉がなくて。沙也加とは、とっ摑《つか》み合いのケンカになった。

雅紀には、うんざりしたようにため息をつかれた。

尚人はオロオロするだけで、てんで頼りがいがなかった。

母親は、それで体調を崩して入院する羽目になった。

誰も――自分をわかってくれない。その現実に、失望した。

そして。母親が自殺して、家族は崩壊した。

壊れてしまったモノは、元には戻らない。単純明快な現実は腹立たしいほどだった。

父親に捨てられたから。不変だと信じていたモノが、すべて嘘《うそ》になってしまったから。家族の誰もが、本当のことを教えてくれなかったから。

引きこもりになった理由を挙げれば、きりがない。

裕太自身でさえ、本当は何がどうだったのか……わからなくなってしまった。

ワガママで。

自己チューで。

何の役にも立たない厄介者。

そんな裕太でも、尚人は見捨てないでいてくれた。

家族の絆《きずな》なんて、もうどこにも残っていない。みんな、バラバラ。そう思っていたのに、そうではなかった。

あの頃には見えなかったモノが、今は――見える。それを気付かせてくれたのが、例の凶悪な暴行事件だったのが皮肉と言えば皮肉だが。

お堅いニュース番組から、下世話なワイドショーまで。メディアは、公共電波を使って他人の……それもただの一般人のプライバシーを垂れ流しにする。

それで、いいのか？

ビックリして。

唖然《あぜん》となって。

猛烈に腹が立ち。

最後は――黙殺した。

獲物に喰らいついたら骨までしゃぶり尽くすのが当然……とばかりに暴露合戦を繰り広げるマスコミの醜悪な本性を垣間見《かいまみ》たような気がした。

むろん。暴行事件で三人の被害者を出した翔南高校としても例外ではない。

そんなスキャンダルの真っ只中《ただなか》に、わざわざ自分から突っ込んで行きたがる尚人の神経がわからなかった。

――しかし。

『何がストレスになるかは、人それぞれだろ』

雅紀に言われて。裕太は初めて、何も語らない尚人の本音を知ったような気がした。

同時に。その事件を機に、裕太の中で長年鬱屈していたモノが不意に瓦解《がかい》した。自分が片意地を張って目を背けていた——頑《かたく》なに見ようともしなかった、知ろうともしなかった真実があるのだと知って。

尚人を襲った暴行事件は、クラスメートの桜坂《おうさか》の活躍もあって、その後、芋《いも》づる式に解決したが。その関連で、尚人は新たな問題を突きつけられた。

翔南高校の被害者の一人。一年生の野上《のがみ》は怪我《けが》の程度は軽傷で済んだものの、精神的ショックが大きすぎて、不登校どころか外にも出られなくなった——らしい。

同情はするが、共感はしない。

自己主張の拒絶（あくまで裕太の場合は、だが）と、事件のトラウマで外に出られないのとでは、同じ引きこもりでも雲泥の差がある。他人はどうだか知らないが、裕太的には同一視して欲しくないというのが本音だった。

事件の被害者である尚人がそのトラウマを克服して早々に復学したことで、尚人は、野上の母親から助力を懇願されて断り切れなかったのだ。それが、後々の災厄を呼び込むきっかけになるなど、誰も予想もできなかったに違いない。

裕太的には。どうして尚人が、そんな名前も知らない下級生のために善意のボランティアを強制されるのか。腹が立ってしょうがなかった。

それを、当然のことのように強いる周囲にも。ハッキリ断り切れない、尚人の甘ちゃんぶりにも。そして、尚人のことになると、外面とは真逆な独占欲を剝《む》き出しにして視野狭窄《きょうさく》になる雅紀が、それを止めようともしなかったことにもだ。

歯がゆい。

ムカつく。

納得できない。

どうして、尚人のことで、自分がそこまで憤慨しなければならないのかと思うと。それすらもが、なんだか妙に理不尽なことのようにも思えて。

(それって、違うだろ？)

(そんなの、間違ってるだろッ！)

腹が煮えるどころか、脳味噌《のうみそ》まで灼《や》けた。

自分ではない誰かのためにそこまで激昂《げきこう》したのは、本当に久しぶりのことだった。

だから。今回、無償の好意をタダ食いしてなおも厚かましく欲をかき続けていた野上が、尚人のために正論をブチカマしに行った桜坂に逆ギレして、真っ昼間の校内で傷害事件を起こしたと聞いて。刺された桜坂には気の毒だが、これで尚人が厚顔無恥な野上親子とスッパリ縁が切れると思ったら、

（ざまあみやがれ。二度とナオちゃんの視界に入ってくんじゃねーよ、バーカ）

ようやく、溜飲《りゅういん》が下がった。

それとは別口で。どういう状況だったのかはわからないが、桜坂が刺された現場をモロに見てしまったらしい尚人が例の発作を起こして倒れたことを聞かされ、さすがに肝が冷えた。

その日、雅紀が家にいてくれて本当によかった。何の役にも立たない自分が無性に腹立たしくもあったが、すぐさま学校に駆けつけた雅紀と尚人が揃《そろ》って家に帰ってくるまで、真夏だというのに手足の先が冷たく痺《しび》れたままだった。

桜坂が野上に刺されたのは、確かに予測不能なアクシデントだったかもしれないが。それは、言ってしまえば桜坂の自己責任で、尚人のせいではない。

そんなことは当然の常識なのに、尚人は、その責任の一端が自分にあると思っている。

それを『バッカじゃねーの』の一言で片付けられない複雑な事情が事情だから、厄介なのだろう。

もっと、すっぱり。ぶっちゃけて言ってしまえば。所詮、他人事《ひとごと》――できっちり割り切ってしまえばいいのに、尚人の性格ではそれは――無理。

そんなことができるくらいなら、最初から野上のことは切り捨てにしただろう。

暴行事件が起こる前なら、優等生ヅラしたその優柔不断ぶりを、ただの鼻持ちならないイイ子ブリッコ――で片付けてしまったかもしれない。

だが。今は、裕太の目にも尚人の本質が見える。

だからといって、尚人のやることにすんなり納得できるかと言えば、それはまた別の話である。

『黙って手を引いてやるのは、優しさとは言わない』

雅紀の言う通りだと思う。

ときおり、その正論が耳に痛すぎて憤激モノだったりするが。

雅紀の言うそれが野上絡みのことであっても、突き詰めていけば、アレやらコレやらソレやら、その『優しさ』にどっぷり首まで浸《つ》かっていた自覚が大ありなだけに、裕太としても返す言葉がない。

だから。

『ため息がウザイッ！』

なんて。言いたくても、言わない。

感情のまま、不用意にそれを吐き捨てるのは簡単だが。この状況で、思考の呪縛《じゅばく》に嵌《はま》っている尚人の背中を蹴《け》り付けて更にドツボに叩《たた》き落とすのは、いくらなんでも気が引ける。

そんなことをすれば、絶対に雅紀が黙っていない。

美貌のカリスマ・モデルが酷薄すぎる毒舌吐きであることは周知の事実だが、誰も、雅紀を『冷血』だとは呼ばない。それは、雅紀が行った二度の会見で実証して見せた。

雅紀が容赦ないのは、自分たち兄弟を不当に、理不尽に傷つける者たちに対してだけ——だからだ。

その最たるモノが家族を捨てた父親であり、知る権利の代弁者面をして篠宮家のプライバシーを垂れ流しにするメディアである。

カリスマ・モデルとして、曲がりなりにも業界の一部を担っている雅紀がそれで大丈夫なのか。尚人は心配でしょうがないらしいが、裕太の関心はそこにない。

そんなことで潰《つぶ》れるほど、雅紀はヤワではないだろう。かえって尚人には、

『心配するツボが違うだろ』

そう言いたくなってしまう。

裕太が思うに。語弊を畏《おそ》れずに、言ってしまえば。雅紀は、尚人をいたぶって泣かせてもいいのは自分だけの特権だと思っているに違いない。

尚人の関心と興味が、自分以外に向けられるのがイヤなのだ。

キライ、なのだ。

赦《ゆる》せない——のだ。

酷薄なほど理性的な表の顔と、ある意味、なりふり構わない執着心を剝き出しにする裏の顔。そこらへんの屈折率が複雑すぎて、裕太には、そのボーダーラインがどこにあるのか……いまだによくわからない。雅紀の地雷が尚人であることだけは、間違いないが。

『俺は、ナオにしか発情しないんだよ』

裕太の前で平然とうそぶくのが、雅紀である。

たぶん、尚人はそういう雅紀を知らないだろう。雅紀と裕太が尚人を抜きにして、そういう際どい本音を明け透けに語っていることすら。もちろん、そこでの話は尚人にはオフレコに決まっているが。

兄《雅紀》が弟《尚人》に欲情する。それがただの言葉遊びではなく、二人の間には現実に肉体関係があることを裕太は知っている。

尚人はそれを必死で隠したがっているが、雅紀は裕太に知られたところでまったく気にならないらしい。

それどころか。まるで、尚人に対する所有権を主張するかのように、場所も時間も無視して平気でサカる雅紀のケダモノぶりが、裕太は——嫌いだ。

カリスマ・モデルと言われる美貌の兄が、辛辣《しんらつ》なエゴイストなのは別になんとも思わない。自殺した母親とも関係があったと聞かされて呆然《ぼうぜん》、絶句したが、なぜか、嫌悪でえずくような生々しい現実感はなかった。

なのに。情動のベクトルが尚人にだけ振り切ってしまっているのを隠そうともしない雅紀が、キライだ。

たとえ、それが、越えてはならないモラルを踏みにじってタブーを犯す行為であろうと、そういう自分の性癖を平然と見せつけて罪悪感も感じていない長兄が——大嫌いだ。不快で嫌悪感が焼き切れる前に、疎外感で身の置き所がなくなってしまうから。

生臭い雄の本能を剝き出しにする雅紀が、イヤだ。

それなのに、無視できない。

『俺は自分が歪《ゆが》んでいるのがわかっているから、おまえに偉そうな説教を垂れるつもりはない』

そう、言いながら。

『スネて懐かない猫を放し飼いにしていつまでも飼ってやれるほど、俺はお優しい人間じゃないんだよ。そこんトコ、よく覚えとけ』

グサリと、抉《えぐ》る。

『おまえは俺を嫌いかもしれないが、俺はおまえが嫌いじゃない』

だが。『嫌いじゃない』ということは、別に『好きでもない』ということだ。雅紀の一番は尚人で、尚人さえいればあとは誰もいらない。そう言われたも同然だった。

雅紀のエゴイストぶりは、徹底している。

母親とセックスしているのを尚人に知られて、

『ナオは「ウブなお子様」だったからな。俺が言うなと言えば、ナオは絶対誰にも言わない』

固く口止めすることで共犯者に仕立て上げても。沙也加には、

『クドクド弁解するのも面倒くさい』

その一言で、簡単に切り捨てにできるのだ。

ただのブラコンというには過ぎるほどの情愛。沙也加が雅紀を溺愛《できあい》していたことは、周囲の誰もが知っている。なのに、だ。

三人兄弟の末弟である裕太にすら、

『おまえはいても邪魔にならないけど、別にいなくても困らない』

そういうニュアンスのことを平然と口にできるのだ、雅紀は。

怒りで全身が震えるよりも先に、下腹が冷たく痺れた。

忌避される憤激よりも、無視されることのほうが痛い。

そのとき。嫌いだけど無視できない苛立《いらだ》たしさの本質を、いきなり自覚させられた。

疎外感が膿んで、飢渇感になる。

恐《こわ》い……と思った。

そうして、初めて。裕太は、あの日、尚人が吐露した言葉の意味を理解した。

『俺は――どこにも行かない。沙也姉がこの家を捨てていっても、おまえが堂森《どうもり》のじいちゃんのとこに行っても、俺はずっと、ここにいる。雅紀兄さんが俺のこといらなくなっても、俺は……この家にいる』

日頃、滅多に感情を剥き出しにすることのない尚人が抱えてきた孤独の深さを、初めて知った。

想《おも》いは、言葉にしなければ伝わらない。

本気は、言葉よりも行動で示さなければ伝わらない。

家族が崩壊して、自分たち兄弟はどこかが……何かが欠けてしまった。その自覚だけが痛烈で、それを修復するための努力を放棄してしまった。少なくとも、尚人以外は。

あの日、そのことに気付かされた。

だからこそ、逆に、裕太は自分を認めてもらいたいと思った。絶対に、雅紀に自分を認めさせてやりたくなった。

そのためには、裕太自身が変わらなければならない。それが、雅紀の視界をこじ開ける最低条件のようにも思えて。

『目標』

『努力』

『忍耐』

自分を変えるための三点セット。

言うのは簡単でも、きちんと実行するのは楽じゃない。継続するには更に根性がいる。

そんなときに、下手に尚人を突《つつ》きたくない。

ウザくても。

イラついても。

じっと……我慢。

（あー……ストレスが溜《た》まる）

今朝も、洗濯物を干したまま、廊下から中庭に続く三和土《たたき》でボーッとしている。

きっと、また、考えてもしょうがないことをあれこれ考えて、思考の呪縛に嵌っているのだろう。

（ホント、どうしようもねーな）

その後ろ姿からは、聞こえてこないはずのため息の嵐まで聞こえてきそうだった。

「ナオちゃん」

呼んでも、さっくりスルーされる。

「ナオちゃんッ」

ドツボでループする背中はピクリともしない。

中庭で鳴く、うるさいほどの蟬の声で裕太の呼びかけも聞こえない……のかもしれないが。

それにしたって、程度ものだろう。

しょうがなく、裕太はドカドカと床を踏み鳴らして歩み寄った。

「ナオちゃんッ！」

――え？

ようやく振り向いた顔は、半分、魂が抜けかかっていた。真夏の暑さのせいでも、裕太の錯覚でもなくだ。

「腹へった」

「あ……え？　…って、今、何時？」

「十一時過ぎた」

とたん。

「えーッ。ウソ。もう、そんな？」

急にスイッチが入ったように、尚人はあたふたと立ち上がった。

「ゴメン。そうめんで、いい？」

「なんでもいい。すぐ食えるのなら」

幼稚園児じゃないんだから、メシくらい勝手に食え。

――なんてことは、絶対に言わないのが尚人だ。

以前、裕太が食う物も食わないで栄養失調になり病院に担ぎ込まれてから、それ以降は、尚人の気配りはウザイほど徹底している。

そのとき。雅紀には、

『やりたいこともやらないでナオが家のことを一生懸命やってるのに、引きこもってるだけのおまえが食う物も食わないでこんなバカなことをやらかすなら、おまえはもう篠宮の家に帰ってこなくていい。堂森でも加門《かもん》でも、好きな方に行け』

とことん冷たい目で睨《にら》まれた。

冷静にマジギレする雅紀を見たのは、それで二度目。絶対に声を荒らげたりしないのに、雅紀がキレると体感温度が氷点下になる。

病院のベッドの上で点滴を受けながら、裕太はマジで小便をチビりそうになった。

以後。裕太はきちんと食事を摂《と》るようになった。と言っても、極少だが。

雅紀は、嘘は言わない。篠宮の家を出されて祖父母のところに追いやられるのは、絶対に嫌だった。

環境が変われば、裕太の頑なな気持ちもほぐれて引きこもることもなくなる。本気でそれを思っているらしい祖父母が、たまらなく鬱陶しい。

父親に見捨てられたことが辛《つら》くて、引きこもっているわけじゃない。

痛々しくて可哀相《かわいそう》な子ども……。そんな憐憫《れんびん》のフィルター越しにしか自分を見られないような祖父母と暮らすことなど、真っ平だった。

「チャッチャとやるから、待ってて」

洗濯カゴを抱えて、尚人はバタバタと家の中に戻る。その背中を見やって、

(やっぱ、こうなったら雅紀にーちゃんの出番だろ)

裕太はどんよりとため息を漏《も》らした。

§§§§§　§§§§§　§§§§§　§§§§§

午前一時を少し回った頃。

仕事で家を空けていた雅紀が、二日ぶりに戻ってきた。

二階の自室にクーラーのない裕太は、二十四時間、窓は網戸だけにして開けっ放しである。寝苦しい熱帯夜も、冷却ジェルの入った安眠枕と扇風機でしのぐ。それで慣れているので、今更クーラーが欲しいとも思わなかった。

まっ、そんな贅沢《ぜいたく》など雅紀が許さないだろうが。

シンと静まり返った道路で車の止まる音がしたとき、すぐに雅紀だとわかった。尚人が、そんな話をしていたので。

日にち的には、すでに昨日になってしまったが。

このところの雅紀は、超多忙だ。家にいるときより、いないときのほうが多い。

普段の雅紀はステージ・モデルか雑誌のグラビア撮りがメインで、テレビなどには滅多に出なかったが。不本意の極みでテレビに露出してから、不快なオファーが殺到した——らしい。

それでも。カリスマ・モデルの肩書きで仕事が選べるだけ、マシなのだろう。

尚人はこっそり、雅紀の出ている雑誌などを買ってきてはうっとり眺めているが。いつでも好きなときにナマで拝める（別に好きで見たいわけではないが）雅紀を、あえて別口で見たいとは思わない。

カリスマだろうがなんだろうが、裕太にとって、それはただの作り物《フェイク》でしかないからだ。リアル感のない、そんなモノをうっとり眺めたって意味がない。

極めつけのエゴイストでも、尚人相手にサカるケダモノでも、辛辣な本音しか言わないドSな鬼畜でも。ナマの感情を垂れ流しにする雅紀が本物なのだ。そんな雅紀が厭《いや》でも嫌いでも視界の異物でも、リアルでない雅紀は雅紀ではない。

（よっし。今日こそ、ちゃんと言っとかないと）

思い立ったが吉日……である。

でなければ、またいつ家に戻ってくるか……わからない。

裕太はのっそり起き上がって、部屋を出る。

さっき下に降りたとき、尚人は熟睡していた。雅紀の帰りを寝ないで待っているつもりだったのだろうが、睡魔には勝てなかったらしい。

ついでだから、無駄に皓々《こうこう》とついている電気も消しておいてやった。

これで雅紀も、帰ってきた早々、熟睡している尚人を叩き起こして強引にセックスしたいとは思わないだろう。

だが。階段を上って、まさかそこに裕太が待ち構えているとは思ってもみなかったらしく。

一瞬、素で驚いていた。

それすら、構わず。

「雅紀にーちゃん。いいかげん、どうにかしろよ」

言い放つ。

雅紀は『何を？』とも問わず、ほんのわずか目を眇《すが》めただけだった。

「……ナオは？」

こういうのを、以心伝心というのかもしれない。

雅紀とツーカー……。それを想像しただけで、マジで背中が薄ら寒くなるが。一連の事件からこっち、我が家のネックが尚人であることに変わりはないので、どうやったって避けては通れない。

気配りの達人のくせに、自分のことになると大ボケをかますのが尚人である。その激しすぎるギャップを茶化してイジって遊ぶ気にはならない。尚人には漏れなく雅紀がついてくる。それを思うと、恐すぎて。

「相変わらずドツボのループに嵌ってるよ」

ブスリと、裕太が漏らす。

それも予測の範疇《はんちゅう》だったのか。雅紀の口から、それと知れるため息が小さくこぼれた。

「メシは、ちゃんと食ってるか？」

「ウサギ並みのベジタリアン」

即答する裕太こそが、自他共に認める小食系である。

食えない物が多すぎる偏食キングというより、別段、これといって食いたい物がない。特に、引きこもりになった当初は頭も腹もグラグラに煮えまくって。その捨て所が見つからずに、イラついて。どうすればいいのかもわからずに、ただムカついた。

そんなふうだったから、物を食べるということにも関心がなくなった。それで拒食症寸前、栄養失調へ一直線……だったわけだが。

家族が崩壊する前は好物と呼べる物があったが、今は――ない。

だから。とりあえず、尚人の作る物は食う。量は少量でも、出された物は食う。時間をかけて、ゆっくりと。

少量を品数多く作る。それに、どれだけの手間暇と根気がかかっているか。そんなことさえ無頓着だった。いや――押しつけがましいお節介としか思えなくて。

今、思えば。尚人に対して相当ゴクドーなことをやっていたのだと、別の意味で胃が痛くなる。むろん、思っても、絶対に口に出したりしないが。

雅紀は、そういう経緯をずっと見ていたわけで。たまに、雅紀も一緒に食事をするときには、いつも視線を感じる。

『もっと、食え』

——とは、一言も言わないが。

『食い物を粗末にするな』

——が基本の雅紀の思っていることなど、丸わかりだった。

裕太に興味がなくても、尚人が絡めば別。何も語らないことが、イコール無関心の証ではないことは、すでに経験済みの裕太だった。

「ドッボでループするナオちゃんってさ、見てるだけでウザイ。だから、どうにかしろって」

尚人には言えない台詞《せりふ》を、雅紀に投げつける。

あれだけ露骨に『尚人は俺のモノ』宣言をブチカマしているのだから、何とかするのが雅紀の責任である。

「——わかった。考えとく」

その場凌《しの》ぎの空返事ではないことに、とりあえず、裕太はホッとする。

言いたいことは言ったし、その確約も取れた。だったら、あとのことは雅紀に任せておけば間違いない。それを思って、

「ンじゃ」

裕太はそそくさと自室に引き上げた。

§§§§§　§§§§§　§§§§§　§§§§§

その夜。

まるで裕太が風呂から出てくるのを待ち構えたようなタイミングで、電話が鳴った。ディスプレイは、雅紀の携帯電話。

「もしもし？」

『……裕太？』

聞こえてきたのは、耳慣れた尚人の柔らかい声。

受話器を通すと、いつもとはちょっとだけ違って聞こえる。直《じか》に鼓膜に響く声《トーン》は、ほんのり甘い。

たぶん、そばに雅紀がいるからだろう。

以前の尚人は、雅紀がいるといつもピリピリと神経を張り詰めていたように思う。どこもかしこも余裕がなく、まるで、雅紀を怖がっているようにさえ見えた。

どうやったって、セックスを楽しんでいるふうには見えない。それは、雅紀に肉体関係を強要されているからだと思った。

それが、例の暴行事件をきっかけに雰囲気が丸変わりした。

穏やかに。

柔らかく。

しっとりと甘くなった。

二人の間で、本当は何があったのか……。裕太は知らない。

——が。裕太が一目でそれと気付くほどに変質したのには、それなりの理由があるはずだ。

雅紀は、尚人とセックスしていることを隠さないが。尚人は違う。

尚人と裕太の間にあるのは、無理に触れようとしなければ何も喪《うしな》わない——という暗黙の了解のようなものだ。

裕太にバレていることを承知で、尚人は平静を装っている。裕太は裕太で、二人の関係を知っているけど知らない振りをする。

謂わば、暗黙のグレーゾーン？

そこに触れなければ、我が家の平穏は保たれる。

まるで茶番……なのはわかっているが、自分からそれをブチ壊す気にはなれない。

雅紀とのことで、尚人が自分から口を割るとは思えないし。雅紀にそこらへんのことを聞いても、

『おまえには関係ない』

その一言でさっくり無視されるのがオチだろう。

「なに？」

『ちゃんと、メシ食った？』

（まぁた、それかよ？）

いつものワンパターンで、さすがにうんざりするが。

『尚人が不在＝裕太の食抜き＝体調不良』

根深い刷り込みが入っている尚人に、今更何を言っても無駄である。

「チンして、食った」

尚人が冷凍《作り置き》しておいたカレーだ。

受話器の向こうで、ホッとしたような小さなため息がこぼれる。

（だからぁ。それ、やめろって）

食事に関する限り、自分がまったく信用されていないようで、ムカつく。実際、朝昼兼用でヨーグルト一個しか食ってないとしてもだ。

「……で？　ナイト水族館はどうだったわけ？」

都合の悪い話題は、さっさと上書きしてしまうに限る。

『んー……それが、ちょっとしたハプニングがあって行けなかった』

尚人の口から『ハプニング』なんて言葉を聞くと、妙にドッキリする。

「ハプニングって？」

『そこらへん話すと長くなるから、帰ってからでいい？』

どんなハプニングなのか知らないが、それでお楽しみがフイになったわりには、あまり落ち込んではいないらしい。やはり、雅紀と一緒だからか？

「……いいけど。それ以外の予定に変更はナシ？」

『うん。明後日《あさって》には帰るから』

「わかった」

『じゃあ、ね。おやすみ』

「……ン」

尚人が携帯をオフにしてしまう前に、さっさと受話器を置く。終わったあとのツーツー音を聞くのがイヤだからだ。

（ホント、マメだよなぁ）

今朝の今夜で、きっちりと電話をかけて寄越す尚人がだ。

なんとなく、雅紀の渋い顔が想像できる。裕太の思い過ごしではなく、だ。

雅紀と尚人は、今日から二泊三日のプチ旅行である。

それが、雅紀の言った『何とかする』の答えだと知って、裕太はホッとした。

雅紀と裕太の密約（…と言うほど大袈裟《おおげさ》なものではないが）を知らない尚人は、しきりに『ゴメンね』を繰り返していた。裕太を一人残して、自分だけ雅紀と旅行に行くのが気が引けてしょうがない——のだろう。

裕太にすれば、耳障りなため息の嵐がなくなっていっそ清々……なのだが。尚人的には、自分だけが楽しい思いをするのは申し訳ないという思いでいっぱいなのだろう。それがただのポーズではないのが丸わかりなのが、いかにも尚人だったりするが。

——に、したって。

なんで、今更……水族館？

小学生じゃあるまいし。そんなんでイイのかよ？

つーか、夏休みの水族館なんて、ガキ連れの家族ばっかりに決まっている。そんなトコに男二人で行って、楽しいのか？

それって、すっごく変——っていうより、思いっきり悪目立ちもいいとこ。

雅紀にーちゃん、どっかズレてる。

もっと、気のきいた場所はなかったのかよ？

——ｅｔｃ……ｅｔｃ……。

それが、裕太の率直な感想だった。

（いくら入場者限定のナイトでも、カリスマ・モデルが高校生の弟と一緒に行くとこじゃねー

だろ）

しんなりと眉を寄せて。

（まっ、ナオちゃんの気分転換になれば、周りのことなんかどうでもいいんだろうけど）

思い直す。

毎日が、家と学校の往復の生活。

今どき、嘘のような本当の話。

引きこもりの裕太が言うのもおかしなはなしだが。もっと、自分の好きなことをやればいいのにと思う。今はもう、昔とは違うのだから。家のことはテキトーに手抜きして、やりたいことをすればいいと思う。

自己満足を満たすためのお節介な偽善者《自己犠牲》——なんて、二度と思ったりしないから。

そのためにも、二泊三日のプチ旅行はナイスな思いつきだ。

反面。あの超多忙な雅紀が、よく三日もオフをもぎ取れたなと思う。まぁ、尚人のためなら多少の無理も平気で押し通すに決まっているが。

つらつらとそんなことを思いながら、冷蔵庫からミネラル・ウオーターのボトルを取り出す。

風呂上がりでやたら喉が渇いていたこともあってか、グラス一杯を一気飲みする。そうすると、身体の火照《ほて》りが芯から鎮まっていく気がした。

そして。今更のように気付く。

——静かだ。

尚人のいない、二日間。

それを実感すると、家の中が急に暗く冷え込んだような気がして。

（……バッカじゃねー？）

唇の端で自嘲《じちょう》する。

自分で言い出したことなのに。いつもはいて当然の尚人がいないことに、思っていた以上の違和感を感じている自分に……戸惑う。

この間、尚人が雅紀の忘れ物《携帯電話》を届けに行って、ついでのオマケで外泊してきたときには、別になんとも思わなかった。なのに、だ。

（なんだかなぁ……）

つい、ため息がこぼれた。

グラスを洗って、伏せ。ダイニングキッチンの明かりを消し、二階の自室に戻りかけて。ふと、真っ暗な廊下の突き当たりに目をやる。

五年前、そこで母親が死んだ。

遺書も何もなかったが、皆は、父親が不倫して家を出て行ったことの心労が祟《たた》っての睡眠薬自殺だと言った。裕太も、そう思っていた。

雅紀と母親の秘密を知るまでは。

沙也加が、この家を出て行った真相を知るまでは。

けれど。今はもう、そんなことはどうだっていい。

自殺の真相がどこにあるのか。それは、死んだ母親にしかわからないことだからだ。

わからないことを、あれこれ推測して思い悩んでも……しょうがない。時間の無駄だからだ。

自分が傷つかないために、どうにもならないことを誰かのせいにして。恨んで、憎んで、現実から逃避するのは簡単なことだ。

だが。それでは、自分も一緒に腐れ落ちてしまうだけなのだと気付いてしまった。

激情にまかせて、周囲を拒絶する。その選択が間違いだったとは、思わない。たとえ、他人が何をどう思おうが、あの頃の裕太にとってはそれが必要なことだったのだ。

しかし。それだけではただの逃げでしかないのだと、知ってしまった。

そのきっかけになったのが、バラバラだった兄弟の気持ちが、切るに切れない絆をひとつに繋《つな》ぎ止めるための楔《くさび》になったのが例の暴行事件だというのは、まさに皮肉だというほかはないが。

裕太は奥の突き当たりまでゆったりと歩いていった。

なぜ、そんな気になったのか……わからない。

ただ。雅紀も尚人もいない、それを思うと、自然に足が向いてしまったのだ。

ドアを開けて、部屋の明かりをつける。

きちんと整理整頓された部屋。

こんなふうに、じっくり見るのは初めてだ。

暴行事件からこっち、尚人は二階の部屋ではなく、この部屋を使っていた。

松葉杖をついたままでは階段を上がるのが不自由だったから……だが。怪我が治っても、尚人はそのままこの部屋を使い続けている。

当初、尚人はこの部屋に移ることにはものすごい抵抗感があったらしい。

それは、そうだろう。この部屋で雅紀は母親とセックスをして、ここで、母親が死んだのだ。別に死んだ母親の怨念《おんねん》がこもっていなくても、そんな曰《いわ》く付きの部屋に強制的に押し込められることになったら、裕太は断固拒否する。

それができなかったのは、当時の尚人にとって、雅紀の言葉は絶対服従であり拒否権がなかったからに違いない。まぁ、今だって似たようなものだが。

だが。尚人がここに移ったことで、裕太は無駄に安眠妨害されることがなくなった。決して薄くはないはずの壁越しに尚人が上げる喘《あえ》ぎ声や啼《な》き声に悩まされることがなくなって、裕太は心底ホッとした。

実兄二人の、禁忌《きんき》の肉体関係。

今更、それをどうこう言っても始まらない。

人としての道を踏み外した長兄は、確信犯のエゴイストだ。自ら平然とそれを口にして、そのケダモノぶりを日々実践してみせるような極道《ゴクドー》だ。

けれど。

そこには、情愛がある。

それがどんなに歪んでいようと、拗《ねじ》くれて屈折しまくっていたとしても、雅紀が尚人を欲しいという気持ちには嘘がなかった。

だからといって、何をやっても赦されるわけではない。

それでも。

何かを欲してたまらなくなる飢渇感と、自制。理性と自戒と欲望が三《み》つ巴《どもえ》で絡み合うジレンマ。そういう感情に振り回されて、自分をコントロールできなくなる——衝動。反発はしても、共感できる部分があるのは事実だ。

事の善悪。

良識と非常識。

道理と無理。

家族が崩壊して、その境界線がすべて曖昧《あいまい》になってしまった。

それがただの言い訳にしか聞こえなくても、自分たち兄弟はすでに、世間で言うところの『幸せの定義』からは大きく外れてしまった。だったら、これ以上、無理に『世間の常識』に自分たちを当てはめる必要もないのではないか。

そう、思った。

我が家のルール。それさえ護《まも》っていれば、あとのことはもうどうでもいいのではないかと。

裕太には、雅紀のように、ただひとつを得るためならば他のすべてを捨てても構わない——と思えるほどの覚悟はない。

不登校の引きこもりは手段ではなく、自分なりの覚悟。そう思い込んでいたが、それは単なる甘えに過ぎないのだと自覚させられてしまった。

何がいいのか、悪いのか。それは他人が決めることではなく、すべてが自己責任だという覚悟。

自分が歪んでいるのがわかっているから偉そうに語る資格はないと雅紀は言ったが、つまりは、そういうことなのだろう。

それを嫌というほど見せつけられたのが、この部屋での二人のセックスだ。

(はぁぁ………)

どデカイため息を漏らして。裕太はそのままゴロリと、ベッドに寝ころんだ。

(何、やってんだかなぁ)

自分の部屋とは違う見慣れない天井を凝視していると、次第に頭の芯がどんよりと重くなってきた。

男同士のセックスなんて、好んで見たいとは思わない。それが自分の実兄であれば、なおさら。

だが。尚人を貪《むさぼ》り食うことに対して何の罪悪感も持たない雅紀は、初恋どころか、まともに女の子と手を繋いだこともない裕太にまるで容赦がなかった。

夜ごと聞かされるのは、尚人の淫《みだ》らで熱い喘ぎ声。

耳を塞《ふさ》いでも、爛《ただ》れた甘い声はまとわりついて離れなかった。まるで脳味噌をとろかす毒薬のように。

唇を嚙《か》み締めても。

——祓えない。

身体を捩《よじ》っても。

——振りほどけない。

あの尚人のどこから、あんな嫌らしい声が出てくるのか。

——わからない。

『……まーちゃん』

普段は『雅紀兄さん』としか呼ばない尚人が、うわごとのように口走る。爛れた甘い声で……。

喘ぎは淫らで、熱い。

ときおり交じる啼き声は、更に——甘い。

『イヤだ』

『やめて』

『もう、しないで』

啼き声に交じって聞こえる言葉は、まるで正反対の微熱を孕《はら》んでいる。

そうして。淫猥《いんわい》に裕太を侵蝕《しんしょく》する。

妄想を掻《か》き立て。微熱は肌を這《は》いずり回り。吐く息は荒く下腹を直撃し。そのたびに、股間《こかん》が痛いほど……疼《うず》いた。

ズキズキと。

ジクジクと。

熱をもって疼いて——たまらなかった。

尚人と顔を合わせても、別に欲情なんかしない。普段の尚人はどちらかといえば禁欲的ですらあって、そういった匂い……雅紀との情事の欠片《かけら》も感じさせない。

だから。芯の通った柔らかな声で名前を呼ばれても、股間に不穏な熱が溜まることもない。

なのに。

壁越しにあの声を聞いてしまうと、たまらなくなるのだ。

決して幻聴ではない、淫らな熱を孕んだ——喘ぎ声。

耳に入ると、膿《う》んで、爛れて……どうしようもなくなる。

だから。実際に二人がやっているのを見てしまえば、妄想は幻滅に変わるに違いないと思った。

だが。

——違った。

ただの妄想にすぎなかったものがリアルになると、それだけで視界が灼けた。

あまりにも生々しくて。

思わず生唾を呑《の》み込んで。

——立ち竦《すく》んだ。

全裸で抱き合う二人の、あちら側とこちら側。

同じ場所にいるはずなのに、空気の流れが違った。

ねっとりと澱《よど》んだ大気の色も……違った。

濃密すぎるその温度差に、クラクラと目眩《めまい》がしそうだった。

情欲をそそり、肉欲を煽《あお》り、劣情を刺激する。

扇情的で。

官能的な。

——背徳。

しなやかな雅紀の指が愛《いと》しげに尚人の身体を撫《な》で上げるたび、尚人が嬌声《きょうせい》を放つ。

「い……あぁぁ………んッ……んッ……」

壁越しではないナマ声は、とてつもなく淫らだった。

「や……ンッ……いイイ……」

荒く途切れて掠《かす》れる喘ぎの根は、生々しいほどシュールだった。

胡座《あぐら》をかいた雅紀の膝の上で、尚人の背中がしなり。引き攣《つ》れた臀《しり》が、浮き。両足が小刻みに痙攣《けいれん》する。

目を背けたくても逸《そ》らせられなくて、頭の芯まで煮えた。ゾワゾワと全身に鳥肌が立ち、下半身に異様な熱が溜まり、ただ立ち尽くしているだけの股間がカチカチになった。

（あ……マズイ）

思い出しただけで——疼く。

焦って、半勃起したモノを握り込む。

その刺激に、思わず脇腹が引き攣れた。

『……裕太？』

受話器越しの尚人の声が、不意にフラッシュバックする。

とたん。

ドクリ——と、鼓動がひとつ大きく跳ねた。

（——ヤバイ）

顔面が煮える。

（く…そッ……）

ただの妄想ではない、記憶の底にこびりついた——リアル。

脳裏に焼き付いたモノをトレースして、次第に息が上がる。

止《と》まらない。

止《や》められない。

頭をシーツに擦《こす》りつけ、腰を浮かして爪先で踏ん張り——息を詰め。

「ンッ……ンッ……あ…ぃぃぃぃッ」

裕太は、握り込んだモノをひたすら扱《しご》き上げた。

§§§§§　§§§§§　§§§§§　§§§§§

午後四時過ぎ。

——ピンポーンッ。

玄関のチャイムが軽やかに鳴って、キーロックが外れた。

「ただいまーッ」

荷物を両手に抱えて、尚人と雅紀が揃ってダイニングキッチンに入ってくる。

「――お帰り」

ボソリと裕太が漏らす。

別に、出迎えてやる必要もないのだが。どうせ、暇だし。

「ハイ。お土産」

やたらハイテンションの尚人に手渡されたのは、手触りのいい大判のバスタオル。どっちかっていうと、タオルケット？

広げてみると、シャチ柄だった。しかも、神原水族館《かんばらマリン・ワールド》のロゴ入り。

（………？）

思わず凝視する。

「水族館、ダメになったんじゃないのかよ？」

「ウン。だから、それはタダ働きのお詫《わ》びだって」

「はぁぁ？」

タダ働きの――お詫び？

誰が？

なんの？

（わけ、わかんねー……）

言葉にしなくても、思ってることはダダ漏れだったのか。

「それは、ね。晩飯のときにゆっくり聞かせてあげるよ。ねぇ、雅紀兄さん？」

尚人がそう言って、振り返ると。雅紀は、口の端で笑った。

それが見慣れないというより、らしくない……あまりにも優しい笑顔だったので、裕太は思わず呆気《あっけ》にとられた。

（雅紀にーちゃんが……変）

この五年間。裕太は、雅紀の冷たい鉄仮面ヅラは見慣れていても、柔らかい笑顔など一回も見たことがない。

つい、マジマジと凝視していると。不意に、雅紀の視線とかち合った。

——なんだ？

声に出さずに視線で問う雅紀は、いつもの見慣れた雅紀だった。

「雅紀にーちゃん、いつもと違ってギャップがありすぎ……」

ブスリと唇を尖《とが》らせると。その自覚があったのか、

「俺のサマー・ホリデーも今日で終わりってことだ」

打てば響くように、スッキリと深みのある声で返してきた。

「ウン。ありがとう、雅紀兄さん。俺、すっごく楽しかった」

「俺もな」

尚人の髪をクシャリと撫でる雅紀の眼差《まなざ》しが、柔らかい。

くすぐったげに小さく首を竦めて、尚人が笑う。

束《つか》の間《ま》、絡み合う視線は、まるで『二人の世界』のそれである。

今回のプチ旅行は、予定外のハプニングはあってもしごく充実したものであったのは……間違いなさそうだ。

（二人とも、好きなだけやってればぁ）

唇の端で小さくため息を漏らした裕太だったが。

「裕太も、ありがとな」

まるで、不意打ちのような満開の笑顔を向けられて。裕太は、つい、ドギマギとそっぽを向いた。

だから。裕太は気が付かなかった。そんな裕太を見つめる雅紀の眼差しが、優しく和んでいたことに。

浸透圧

メンズ・モデルという一見華やかそうに見えて、実はとてつもなくシビアな業界に足を踏み入れて五年目。雑誌のグラビアにモード・コレクションのステージに、所属する事務所の受けた仕事に不平不満を漏らすこともなく、むしろ、どんな小さなことでも積極的に着実にこなしてきた。

仕事は向こうから来るウチが華。怖いのは真っ白なスケジュール帳。そこには、なんの嘘も誇張もない。

自分を安売りしないプライド。そんなことを平然と口にできるのは、名実ともに誰もが認めるスーパー・モデルだけだ。ましてや、煌《きら》びやかなスポットライトを浴びてその称賛をほしいままにできるのは99パーセントの確率で女性モデルに限定される。レディースに比べて、メンズは格下。それが業界の常識とは言わないが、需要と供給のバランス的には暗黙の了解であるのはしょうがない。

そんな中で『MASAKI』という名前がそれなりに認知されて仕事がやりやすくなったのは事実だが、反面、露出した分の煩《わずら》わしさも増した。

その年、スポーツ・芸能各方面で活躍する五人の男を新進気鋭のカメラマンが激写する――という企画とコラボレーションする形で、女性向けファッション雑誌の『今が旬なイケメン対談』に問答無用で担ぎ出される羽目になったのだ。

当然、読者に向けてのリップサービスもそれなりに期待される。好んでやりたいとは思わないが、それも仕事だと割り切ってしまえば苦にはならない。無駄に愛想を振りまけとは言われていないし、聞かれもしないことをしゃべる必要もない。

だが。本番前の顔合わせからやたらハイテンションな女性インタビュアーの、それってただのミーハーだろ？——としか思えないアドリブ的なツッコミに、内心、いい加減うんざりしていたとき。

「好きな言葉と、その理由を教えてください」

そう言われて。大して考える間もなくすんなりと口を突いたのが、鴨長明《かものちようめい》の『方丈記』冒頭部分だった。

『行《ゆ》く川のながれは絶えずして、しかも本《もと》の水にあらず。よどみに浮ぶうたかたは、かつ消えかつ結びて久しくとゞまることなし。世の中にある人とすみかと、またかくの如し』

高校受験のために覚えた、謂わば丸暗記の一節。それだったら、かの有名な『平家物語』や『枕草子』前文の方がしっかり記憶に残っていそうだが、いまだにスラスラと淀《よど》みなく口に出てくるのはマイナーな『方丈記』だった。

ほかの四人が自身の座右の銘とする言葉を口にしたのとは違い、明らかに異質すぎる自覚はあった。現に皆、啞然としていたし。鴨長明って……誰？　露骨にそういう顔つきだった。

なぜ？――と、理由を問われて。そのときは、

「含蓄のある一節が気に入ってるから」

当たり障りなく答えたが。実際には、含蓄がありすぎて身につまされたからだった。

そこで、『含蓄』という言葉の意味がわからない……などと平気で笑い飛ばすインタビュアーの質をどうこう言うつもりはない。本人的にはウケと笑いを取るつもりだったかもしれないし。ただ、一瞬にしてシラけた間を取り繕うように、更に墓穴を掘る発言をして皆のテンションが下がったのは間違いない。どうせ、誌面に載るときにはカットされるのだから別に問題はないのかもしれないが。

人生における『幸せの方程式』……そんな大袈裟なものではなく、日常のささやかな幸せとは、すべて足し算なのだと思っていた。父親に愛人がいると知るまでは。

今日の幸せは、そのまま明日へと横滑りしていく。日々はそうやって過ぎていくものなのだと、なんの疑問もなく信じていた。父親が家族を捨てて家を出て行くまでは。

中学の頃からずっと剣道をやっていたこともあってか。

『志は高く、目標を持って日々精進する』

それは当たり前のことで、人生に無駄な努力などというものはない。単純に、そう思い込んでいた。しかし。どんなに努力してもどうにもならない現実があるのだと、思い知らされた。最悪の形で。

裏切りと。

絶望と。

——憎しみ。

喪失感と。

飢渇感と。

——苛立たしさ。

感情と名の付くものが全部入り混じって、その境界線がいったいどこにあるのかもわからなくなった。

痛いのか。

熱いのか。

痺れるのか。

凍えているだけなのか。

それすらもが——わからない。

ただ、灼けるような怒りだけが収まらなくて。その捌《は》け口が見つからなくて。すべての元凶である父親を殺してやりたくなるほど憎んだ。

まるでいらなくなったゴミのように家族を捨てた父親を恨んで。

一円の生活費も渡さない男を呪って。

同情と好奇と嘲笑。周囲の視線が痛いほど突き刺さる。そんなドン底の惨《みじ》めな日々を嫌悪して、心が折れそうになった。

きつくて。

辛くて。

——重い。

そんなにまでして生きていく価値があるのかと、自問する。

何もかも投げ出して楽な方に流されるのは簡単だった。だから。そのたびに自答した。そんなことをしたら、惨めな負け犬になるだけじゃないかと。

いつか。絶対に。

——見返してやる。自分たちを捨てていった男を。

その思いだけが、逆境を支える糧になった。

癒やされることのない怒りと憎しみがジクジクと膿んで、爛れて、腐り落ちていく。

心がいびつに歪んで、軋《きし》んで、ねじ曲がる寸前の……狂気。

言いたいことも言えず、抑圧されるだけの日々。人はそうやって日常に押し潰されて、ひっそりと静かに、簡単に狂っていくものなのだと知った。

時間は元には戻らない。過去になるだけ。

壊れてしまったものは、原型を留《とど》めずに朽ちるだけ。

流れて。流されて。日々は過ぎていく。

そして。生活苦に疲れ切って母親が心を病み、自死したとき。たぶん、自分の中で何かが――ねじ切れた。

喪失感ではなく、消失感。

音も、色も、現実感も、何もかもが一瞬……消えた。

――いや。それですべての責任と重圧から解放されて、ようやく自由になったと。そう思い込もうとしていたのかもしれない。

そうすれば、忌《い》まわしい過去も綺麗《きれい》にリセットできると。

身勝手な論理だ。誰が知らなくても、自分を誤魔化すことなどできるはずがないのに……。

笑い飛ばしたくても笑えない事実がある。

目を背けても、耳を塞いでも、自分が自分である限り真実から逃げることなどできない。そんなことはわかりきっているのに、心の片隅でそれを期待している自分がいた。

心を病んだ母親と肉体関係があった。それは、否定できない現実だ。

拒否できない状況に流された。たとえそれが真実であっても、あったことはなかったことにはできないのだから、今更弁解するつもりはない。

一度禁忌を犯してしまえば、一回が百回でも同じ。そんなふうに開き直るつもりもない。無駄だからだ。

怖いのは、禁忌を犯したことではない。不毛なセックスをズルズルと引き摺《ず》ってしまったことでもない。自分の欲望の対象が限定されてしまったことだ。

身体の奥底に潜む情欲で、無垢《むく》な弟を穢《けが》してしまうことが怖い。

ほかの女とやれなくなってしまったわけではないのに、気持ちよくない。熱くなれない。集中できない。いつも、頭の芯が冷めている。セックスが、溜まったモノを吐き出すための排泄《はいせつ》行為としか感じない。

――なのに。血の繋がった弟の顔が視界の端に入っただけで、その声を聞くだけで、たまらなく血が騒ぐ。脳内妄想が暴走して……欲情する。

最悪に、凶悪だ。

自分がおかしいのはわかっていた。

どこかが、何かが、ひどく歪んでしまっている。自覚があるだけに始末に負えない。

ダメだ。

……ダメだ。

…………ダメだ。

そんな自分を嫌悪して、鬱々と落ち込んで、挙げ句にしこたま酔っぱらって――理性と自制の箍《タガ》が外れた。

母親と肉体関係があっても罪悪感は感じなかった。あー……ヤバイな、そう思っただけで。

いつも、父親の名前を呼んでしがみついてきたからだろうか。なぜか憐憫の方が強くて、禁忌を犯しているという切迫感すらなかった。

だが。泥酔の果てに弟を強姦《ごうかん》したときは罪悪感で蒼白《そうはく》になった。目の前が真っ暗になって、頭の芯がグラグラ揺れた。自分が、最悪なケダモノになったような気がして。

それでも。頭のどこかで、ホッとしている自分がいた。

始まりは最悪だが、これで、自分に嘘をつく必要がなくなった。

やってしまったことは凶悪だが、これで欲しい物を欲しいと素直に言える。そう思った。

最悪なケダモノと呼ばれてもしょうがない。

最低なエゴイストと詰《なじ》られても、返す言葉もない。否定はしない。その通りなのだから。

だが。赤の他人になんと言われても、別に痛くも痒《かゆ》くもない。喪えない者を得た喜びに勝るものはないからだ。

愛し、愛され。癒やされて、満たされる。

たったそれだけのことで、ドス黒い感情で凝り固まっていた頭の芯がクリアになった。今はもう、無駄なノイズで視界が歪むこともない。

だから。もう、それでいい。誰が何を言っても、価値観の優先順位は揺らがない。

たったひとつの愛さえあれば視界は開け、色づき、目の前の世界は確かに変わる。言葉にすれば陳腐なようでも、それが真実だと知ってしまったから。

閑話休題

八月、夏休み後半。

翔南高校では全員必須の後期課外授業が始まって、五日目。

雲ひとつない蒼穹《そうきゅう》は、ただひたすら眩《まぶ》しい。容赦なく照りつける太陽に、気温は朝から鰻《うなぎ》登りである。大地も大気も渇く。熱を孕んだ風は吹き抜けずに溜まり、校舎のそこここで、しばし滞った。

暑い。

灼ける。

……うだる。

クーラーもない教室で、早朝からみっちり四時間。十分間の休憩時間があるとはいえ、真夏の課外授業というのは一種の拷問《ごうもん》ではなかろうか——と、思わずにはいられない。

汗が滲《にじ》み、滴り落ちても我慢。

頭が煮えても、堪《た》え忍び。

そうやって。校舎を取り巻く木々の葉擦れの陰から、いまだ鳴り止まないセミの大合唱に負けじと四時間目終了のチャイムが鳴り響くと。ひたすら耐えるだけの苦行から解放された喜びに、一斉に校舎がどよめいた。

それもまぁ、翔南高校においては見慣れた真夏の風物詩——と言えなくもないが。

授業が終わって。いつものように、番犬トリオ（桜坂《おうさか》・中野《なかの》・山下《やました》）プラス・ワン（尚人《なおと》）という、本人たちの自覚はまったくないが、とんでもなく悪目立ちをする四人組で新館校舎の昇降口を出る。

——と。いきなり、中野が言った。

「なんか、ようやくフツーに歩いてるって感じだよな」

「……え？」

視線で名指しされた尚人が小さく目を瞠《みは》ると。

「ホント、ホント。初日は、そんなんで自転車漕《こ》いで帰ったら、絶対にヤバイだろ……とか思ったし」

コックリ深々と山下が頷《うなず》いた。

「そんな……ひどかった？」

確認を求めるように、尚人は上目遣いに桜坂を見やる。

「ヒドイっつーより、マジで痛々しかった」

無表情でボソリと吐かれると、それはそれでクルものがある。

（マジでヘタレって言われてるような気がするんだけど……）

気のせい？

実際、当日は自転車を漕ぐのも悪戦苦闘であったのは間違いないが。

熱中症を起こして倒れた瑞希《みずき》を助けようと半ば無意識に騎士道精神を発揮しようとして、不様に転がって怪我をしたときのことである。

(裕太《ゆうた》にまでトロいって言われちゃったし)

まぁ、あれはただの憎まれ口というより心配が高じただけの悪たれ口だろうが。何よりも一番堪《こた》えたのは、

『おまえが怪我すると、俺も痛い』

雅紀《まさき》の、あの台詞である。

「篠宮《しのみや》って、たまに変なところで無謀なチャレンジャーだよな」

「——言えてる」

きっぱりと断言されてしまうと、尚人としても苦笑するしかない。

「案外、負けず嫌い……とか?」

(あー……それはあるかも)

尚人がそれを思ったとき。

「そりゃ、おまえのことだろ。桜坂」

「そうだよ。気力と根性を有言実行する男——だし?」

「後期課外授業を堂々とフケる言い訳にしないのが、いかにも桜坂って気がする」

「まぁ、な。それで、あっちもこっちも、みんな黙らせちまうっていうのはスゴイよな」

明け透けにポンポンと言いたい放題な中野と山下には、他意も含むモノもない。

——はずだ。

あるのは、純粋な称賛と真摯《しんし》な思い入れだけ。

——たぶん。

それを知っているから、桜坂はムッツリと黙り込んでいるのだ。

——きっと。

(……いいよなぁ)

本音で思う。

カドもトゲもドクもない球体にすっぽり包まれているような、居心地よさ。

それは誰かに無償で与えられたものではなく、尚人自身が信頼で勝ち取ったモノだ。だからこそ、価値がある。

つらつらとそんなことを思いつつ、駐輪場までやってきたとき。

「なぁ、篠宮。明日、ヒマ?」

中野が言った。

明日は日曜日。さすがに、課外授業も休みである。

暇かと言われたら、そうでもない。週一の日曜日ともなれば、やってしまいたいことは山積みである。

「ウチの近くの公園で花火大会があるんだ。来ねー？」

尚人はビックリ目を見開く。中野に限らず、実のところ、そういうお誘いの類《たぐい》は初めてのことだったからだ。

「地元じゃ、けっこうデカイ夏祭りなんだよ」

山下が、横から言い添える。

そういえば、中野と山下は翔南高校のある日高《ひだか》市の南に隣接する大野《おおの》市内からの通学だったことを思い出す。

ちなみに。桜坂は東隣の相葉《あいば》市で、尚人の住んでいる千束《ちづか》市は北方向に位置している。

学区制が廃止されてから、県内各市から翔南高校を目指す受験者は絶えないということの証である。むろん、受験の偏差値も、それなりに高レベルだが。

「マジで、見応えがあるんだ」

「そうなんだ？」

夏祭りに花火は欠かせないアイテム？

「おぅ。毎年、スゴイ人出で、夕方になると駅から公園目指して道路が人の行列で膨《ふく》れ上がるんだぜ？」

「当日は午後三時を過ぎると公園近くは歩行者天国になるんだよ」

「そんで、屋台とかもズラーッと出てる」

それは――凄《すご》い。公園というから、ごくフツーの公園をイメージしていたので、まさかそんな大規模なモノだとは思わなかった。

実際、祭りと言えば近所のこぢんまりした地区祭りくらいしか行ったことのない――それも小学生のときに――尚人は素で驚く。

「それって……桐ヶ丘《きりがおか》公園のヤツか？」

「え？　桜坂、なんで知ってンの？」

「ガキの頃、連れて行ってもらったことがある」

「へぇー」

「ほぉー」

「ふーん」

三者三様のリアクションに、桜坂は、わずかに目を眇めた。

「なんだよ？」

「や……なんか、ガキな桜坂っていうのが、いまいちイメージできなくて」

なにげに暴言？

いや――失言？

じっとりと眉根を寄せる桜坂を横目にして、一瞬、同じようなことをつい想像してしまった尚人はドギマギだったが。

「ンじゃ、見応えあるのはわかるだろ?」

「……まぁ、な」

「どう? 篠宮?」

「面白そうだね」

「だろぉ? 一見の価値はあるって」

「……ウン」

花火なんて、何年も見ていない。いや……夏祭りもだ。

「来るんだったら、俺、駅まで迎えに行くけど?」

「……え?」

「だから、どうせ見るならベスト・ポジションに案内するって言ってんだよ」

「地元ならではの、地元民だけが知る、打ち上げ花火の醍醐味《だいごみ》を満喫するためのベスト・スポット……ってとこ?」

それは、ものすごーく惹《ひ》かれるシチュエーションである。

——が。

「えーと……。それって、今、返事しなきゃダメ?」

「や、ぜんぜん。篠宮だって、いろいろ都合があるだろうし。帰ってから、携帯にメールしてくれればいいって」

ついホッとする。

裕太にも、雅紀《まさき》にも相談して。それからでもいいなら——行ってみたい。見応えのある花火を見てみたいという以上に、友達と一緒に花火を見る。そのことに、なんだかワクワクしてしまった。

「わかった。ありがとう。もしダメでも、ちゃんとメールするから」

「……篠宮」

「ン？　何？」

「篠宮が行くんだったら、俺も行くから。俺にもメールしろ」

思わぬ桜坂の爆弾発言（？）に、

「「「……えエエエッ？」」」

三者三様の雄叫《おたけ》びが上がった。その瞬間。

「おまえら、それって失礼すぎだろ」

桜坂は苦虫を噛み潰したようにブスリとつぶやいた。

ジェラシーの法則

その日。

いつものように。

午後の仕事が終わって雅紀《まさき》が携帯電話をチェックすると、尚人《なおと》からのメールが入っていた。

【時間ができたら、電話して下さい】

見るのは雅紀しかいないというのに、相変わらず他人行儀な堅い文面に思わず頬が緩《ゆる》むというより、一瞬、ドキリとする。

なぜなら。このところの定番とも言えるそれは、雅紀の感情をバリバリ搔《か》きむしりかねない問題《トラブル》を孕《はら》んだ前触れ——のようなものだったからだ。

一番記憶に新しいのは、例の真山《まやま》姉妹絡みで尚人が怪我《けが》をした一件である。それには、更に、雅紀が知らなかった尚人と真山妹との最悪な出会いが関係していた——という予想外のオチまであって。雅紀的には不快感を通り越して憤激の極みであり、尚人の前では常に完璧な兄で大人《あ》りたい願望と見栄がポロポロ剝《は》がれ落ちて、思わぬ醜態まで曝《さら》しまくってしまった。

最近は本業《モデル》以外のオファーも殺到してますます仕事が忙しくなり、雅紀が所属する『オフィス原嶋《はらしま》』のマネージャーである市川《いちかわ》としては、分刻みのスケジュール管理で嬉《うれ》しい悲鳴……らしいが。いかに雅紀の信条が、

『仕事は向こうからやってくるウチが華、怖いのは真っ白なスケジュール帳』

なのだとしても、さすがに疲れが溜《た》まってくる。

夏休み中といえども、超進学校と言われる翔南《しょうなん》高校では課外授業が必須で、早朝から登校する尚人とは相変わらずの擦《す》れ違い生活である。尚人に携帯電話を持たせるようになってからは、いつでも、どこでも、多少のタイムラグはあってもメールのやり取りでそれも少しは解消できたかに思えたのだが……。

身体的な疲労感は無駄な付き合いを減らして睡眠時間を充分に確保すれば、それなりに回復するが。精神的なものは時間がたつにつれ、澱《おり》のように溜まって飢渇感にすり替わる。

メールだけでは足りない。言葉を選んでどんなに想《おも》いを込めたとしても、そこには歴然とした温度差がある。

電話をして声を聞けば、束《つか》の間《ま》、癒《い》やされるが。あとから、会いたくても会えない絶対的な距離感という揺り返しが来る。

もどかしい。

やるせない。

やはり——足りない。

抱きしめて。

抱き合って。

リアルな尚人の感触と温《ぬく》もりが欲しい。

仕事で家を留守にするたびに、その切実感は増す。

(こういうのって、なんか……セックスを覚えたばかりのガキみたいだよな)

自虐ではなく。

自嘲《じちょう》でもなく。

ましてや、ジョークですらない。

初体験が実母だったというトラウマは自覚していた以上に根深い。実母が死んでしまったあと、誰とやっても、それがただの排泄《はいせつ》行為にしか思えなくなってしまうほどに。

背徳と禁忌《きんき》の原罪。

心と身体《からだ》が乖離《かいり》してしまったのは、そのせいかもしれない。そう思った。

しかし。情欲の対象《ベクトル》が実弟《尚人》に限定され、自分の性癖を呪《のろ》い、煮詰まって逃げ出し、その果てに泥酔して尚人を強姦《ごうかん》してしまうことで、罪悪感は加速するどころか一気に底が抜けてしまった。

一度道を外してしまったら、あとは何をやっても同じ——だと。

雅紀の場合、愛情は情欲に直結していると言っても過言ではない。自分が、尚人にしか発情しないケダモノ——だと、あっさり認めてしまえるほどに。

「さて……と。今度はどういうドッキリなんだろうな」

ひとりごちながら、雅紀は我が家に電話をかける。

コール音は三回。

『もしもし？　雅紀兄さん？』

鼓膜にしっとり染み入る尚人の声が、心地いい。つられて、

「どうした？」

雅紀の口調も、自然に和らぐ。

『明日の夜、俺、出かけてもいい？』

いきなりの展開で、話が見えない。

『大野《おおの》市で、明日、花火大会があるんだって』

「それって……桐ケ丘《きりがおか》公園のやつか？」

大野で花火――と言えば、それしか思いつかない。

すると、一瞬の間を置いて。

『まーちゃんも知ってるんだ？』

尚人が素で驚く。

いつもは『雅紀兄さん』としか呼ばない尚人が昔通りの愛称を口にするときには、たいがい無自覚だ。

ベッドの中で抱き合っている最中に甘く縒《よ》れた掠《かす》れ声で『まーちゃん』と呼ばれるのが、雅

紀は一番好きだ。尚人の何もかもを貪《むさぼ》り尽くしてしまいたくなるほどに。

「そりゃ、まぁ、けっこう有名だからな」

嘘《うそ》でも、誇張でもない。

県内では、真夏の最後を飾る一大イベントだろう。

雅紀自身、中学時代は毎年仲のいい友人たちと見に行った。本命はもちろん花火だが、公園まで続く歩行者天国の道路脇にズラリと並んだ出店や屋台を見て回るだけでも楽しかった。

高校生になってからは部活関係でそれどころではなくなったし、実父が愛人を作って家を出ていってからはバイトに追われて花火を楽しむ余裕すらなくなった。

いや……。鬱屈して気持ちが荒《すさ》んでくると、そういうイベントに熱狂する他人がバカのように思えてきたりもした。

そんなことをつらつら思い出していると。

『そうなんだ？　そんなにスゴイんだ？』

なにげに耳元で漏れた尚人の呟《つぶや》きに、思わずハッとした。記憶はすっかり色褪《あ》せてしまったが、自分ですら知っている真夏の花火大会《イベント》を尚人が知らないという事実に気付かされて。

実父の愛人問題が発覚したとき、尚人はまだ小学生だった。雅紀には友人と花火を楽しんだ思い出はあっても、尚人にはそれすらない。今更のようにそれを実感させられて、頭の最奥がズキリとした。

「——それで？」

『あ……ウン。でね、中野《なかの》と山下《やました》に誘われたんだよ』

「中野君と山下君に？」

『二人とも、地元だから』

「そう……なのか？」

『ウン』

それは……知らなかった。当たり前だが。

中野と山下が尚人の学校生活には欠かせない友人だという認識はあっても、二人がどこに住んでいるのか、そこまでの興味も関心もなかった。

『もし行けるんだったら、駅まで迎えにきてくれるって』

「へぇー……」

『ついでに、花火を見るためのベスト・ポジションに案内してくれるって』

「……ふーん」

至れり尽くせりの大サービス——とは、まさにそのことかもしれない。

「地元民だけが知ってる、打ち上げ花火の醍醐味《だいごみ》を満喫するためのベスト・スポット……ってとこ？」

とたん。

『まーちゃん……スゴイ』

　一瞬、呆《ほう》けたように尚人が呟いた。

「何が？」

『山下が言ったのと、まんま同じことを言うから』

　瞬間、どういうリアクションをすべきか……迷う。

　別に、思考回路が番犬トリオの一人である山下に似てるからといって、雅紀的にはなんら問題はないのだが。

（それって、下手すりゃ彼女をデートに誘うためのミエミエのパターンだよな）

　つい穿《うが》った見方をしてしまうのは、雅紀がすれっからしを通り越して屈折しまくっているからかもしれない。

「中野君と山下君から花火のお誘いかぁ」

　今年前半はあれやこれやでトラブル満載だったから、せめて、夏休み最後のイベントくらいは皆で一緒に楽しみたい。二人にすれば、それに尽きるのかもしれない。

　その誘いの裏には、尚人に対する二人のなにげない気遣いが透けて見える。

（花火で厄落とし……か）

　素直にありがたいな、と思う。

　少なくとも、雅紀の目の届かない学校生活での杞憂《きゆう》がひとつ確実に減ったのだから。

『もし、俺が行けるようなら桜坂《おうさか》も来るって』

「桜坂君も？」

『そう。桜坂、そういうのにはまったく興味がないのかと思ってたんだけど』

花火には関心がなくても、そういう話の展開で一人蚊帳の外だったりするのは、さすがにクルものがあったに違いない。

（番犬トリオ勢揃《せいぞろ》いで花火見物……なぁ）

強面《こわもて》で威圧感丸出しのジャーマン・シェパードに、物怖《ものお》じしないシベリアン・ハスキーに、お茶目なゴールデン・レトリーバー。プラス――姫？

どれだけ人出が凄《すご》かろうと、それはそれで視界の悪目立ちもいいとこだろうな……と思う雅紀であった。

『ねぇ、雅紀兄さん。俺……行っていい？』

おねだりモードにはほど遠いが、ここでダメ出しできるほど雅紀も鬼畜にはなれない。たとえ、尚人と二人で花火見物――の図が頭に思い浮かんだとしてもだ。

その特権を行使する時間も余裕も、今の雅紀にはない。

（来年は、絶対に花火見物だな）

それを心に決めて。

「――いいぞ」

口にした、とたん。

『ホント？』

尚人のトーンがいきなり喜色で跳ね上がった。もしも尻尾《しっぽ》があったなら、千切れるほどに振りまくっているに違いない。

そんなふうに簡単に想像できてしまうのが、ちょっとだけ——妬《や》ける。

（……どうしようもないな）

だからといって、いちいち無駄にヘコんだりしない。よくも悪くも、尚人のことになると視界がめっきり狭くなるのはすでに自覚済みだった。

「ちゃんと、携帯は忘れずに持っていくんだぞ？」

『ウン』

「花火が終わったら、寄り道しないでサクサク帰る」

『わかってる』

「じゃあ、いいぞ」

『はい。おやすみなさい』

電話が切れると、体感温度も一気に下がったような気がして。雅紀は、今更のように小さくため息を漏らした。

§§§§§　§§§§§　§§§§§　§§§§§

同刻。

篠宮《しのみや》家のダイニングキッチン。

電話の受話機を元に戻して、尚人はホッと息をついた。

（……よかった）

口の端が、思わず綻《ほころ》んだ。

頭ごなしに『ダメ』と言われることはないだろうと思ってはいても、雅紀の口からはっきり『ＯＫ』をもらえるまではちょっとだけ不安だった。昼間に出かけるのならばともかく、とっぷりと日が暮れた夜に出かけるという部分がネックになるかもしれないと思っていたからだ。

だが、これで何の心配もなくなった。

（中野と桜坂にメールしとかなくっちゃ）

ウキウキ。

……ドキドキ。

………ワクワク。

尚人の気持ちはすでに、明日へ向かって一直線——である。

そんな尚人の背中越し。

「雅紀にーちゃん、なんだって?」

裕太《ゆうた》が声をかけた。

なんだって……も、何もない。振り返った尚人がニッコリ笑顔で、

「行ってもいいって」

それを口にする前。蛍光ピンクで染まったような『ホント?』の一言で、答えは決まったようなものである。

「ふーん」

だから、別に驚きもしない。ただ、尚人と雅紀の間でどういうやり取りがあったのか。少しだけ気になっただけで。

「明日の晩ご飯の用意は、ちゃんとやっとくから」

そこで手抜きをしないのが、尚人……だったりするのは言うまでもないが。

今日の午後。

いつもの時間に学校から戻ってくるなり、尚人に、

「ねぇ、裕太。俺、明日の夜に花火を見に行ってもいい?」

そう言われたとき。

（だから、そんなこと、いちいち聞かなくてもいいってば）

すでに行く気マンマンでそんな事後承諾もいいとこの質問など、まるで無意味——なのが、ちょっとだけ癪《しゃく》に障って。

（もし、おれがダメって言ったら、どうすんだよ？）

じっとり、尚人を睨《にら》むと。

「あ……だから、雅紀兄さんがいいって言ったら……だけど」

尚人の口調はあからさまにトーンダウンした。

先日の、雅紀との二泊三日のプチ旅行に続いての花火大会。尚人的には、自分だけ楽しい思いをするのは心苦しい……と思っているのがミエミエ。

だが。裕太にしてみれば、そんなふうにいつでも裕太の顔色を窺《うかが》う尚人がたまに本気でウザイ。たとえ、それが裕太に対する気遣い——尚人の優しさの本質なのだとしても。

（たかが、花火だろ）

行きたいのなら、行けばいいのだ。裕太に変な遠慮などしないで。

（幼稚園児じゃあるまいし。学校の友達と行くのに、いちいち雅紀にーちゃんの許可なんかいらねーじゃん）

高校生にもなって、それはないだろう。

真剣に、そう思うが。

――反面。

(でも、雅紀にーちゃんだしなぁ)

尚人のことになるとエゴ丸出しな雅紀の顔がチラついて、内心の舌鋒《ぜっぽう》も鈍る。

当然、尚人にとって雅紀の存在は、裕太が思っている以上に絶対的なのは間違いない。

『俺は生ぬるい家族ごっこなんか、する気はない』

きっぱり断言して憚《はばか》らない雅紀の露骨な態度には、あからさまな反発と疎外感を感じないではいられなかった。

それでも。今現在、雅紀が自分たち兄弟の保護者代わりである。

我が家の生活を金銭面で支えているのは雅紀であり、その他モロモロ日常的な面できっちりサポートしているのは尚人で、何の役にも立っていないのが自分《裕太》なのだ。

だったら、せめて、自分は自分のできることからやっていくしかない。謙虚に、そう思えるまでになった。

――が。長年染みついた性格がそう簡単には変えられないのも事実で。

「どうかな?」

そう言ったきり黙り込んでしまった尚人に、

「行きたいなら、行けばぁ?」

そっけなく言い放った。

なのに。尚人は、

「ありがとう」

ニッコリ笑って、そんなふうに言えるのだ。

だから。

――たぶん。

――きっと。

尚人には永久に勝てない。しみじみ、それを思う裕太だった。

§§§§§　§§§§§　§§§§§　§§§§§

日曜日。

千束《ちづか》市から大野市へ。約束の時間に遅れてはいけないからと、時刻表の下調べも念入りにやって。まるで初めての遠足に行くような気分で、日頃は滅多に乗らない電車の切符を買って乗り込む。

日曜日だから、かえって人が多いのか。それとも、今日が花火大会だからなのか。電車は思っていた以上に混んでいた。

（浴衣姿の人、けっこういるよなぁ）

別に、それでドキドキと妙に落ち着かない気分になったわけではないが。電車が停車するたびにますます車内は混んで、クーラーなどあってないも同然。押されるままに密着する他人の体温と逃げ場のない人いきれ状態に免疫のない尚人は、それだけで人酔いしてしまいそうになった。

毎朝の通勤通学ラッシュはもっと、ずっと、これより凄いのだろうと思うと。たとえ、下手をすれば登校時間に一時間かかろうと、つくづく自転車通学でよかったなと思わずにはいられない尚人であった。

午後五時四十三分。

待ち合わせの駅に着くと、皆がドッと一斉に下車する。人波に押されて呑《の》み込まれ、その流れから抜けることもできずに同じリズムでもって階段を下りていく。

以前。雅紀が忘れた携帯電話を仕事場まで届けたときには、電車はそれほど混んではいなかったが。下車して改札口を出るまで、そして出たあとも、あまりに人が多すぎて目眩《めまい》がしそうだった。

東京《とうきょう》って……凄い。

駅の中がスクランブル交差点みたい。

なんで、みんな、あんなに歩くのが速いんだろう……。

行きたい方向へ行くにも、ひと苦労だった。途切れない人波を避けようとしては人にブチ当たり、渡された地図と現在位置を確認するために立ち止まっては肩をぶつけ。

『ごめんなさい』

『すみません』

――を連発して、ようやくタクシー乗り場に着いたときには、疲れ切ってどっぷり深々とため息が出た。

今回はそのときとはまったく逆で、人波に嵌《はま》って最後の最後まで抜け出せなかった。自分のリズムで歩けなかったのは同じだが、どっちがマシかと聞かれても返事に詰まる。

とにもかくにも。とりあえず無事に改札口を出てこられて、ホッとため息をつく。

――と。

そのとき。

斜めがけバッグに入れておいた携帯電話がバイブした。

着信表示は『桜坂』である。

「もしもし？」

『――俺だけど』

「今、着いたとこ」

『改札口？』

「そう。売店の近く」

『んじゃ、今行く。待ってろ』

携帯電話が切れて、ものの一分もたたないうちに桜坂はやって来た。

中野との待ち合わせは午後六時だが。相葉《あいば》市からやって来る桜坂には一応、何分頃に駅に着くかは言っておいた。

どんなに人で混んでいても、桜坂が来ればすぐにわかる。

周囲よりも頭ひとつ分は身長が高いから——だけではない。誰もが一瞬足を止めて、その存在感に圧倒されたかのようにマジマジと見入るからだ。

翔南高校ではすでに見慣れていて気にもならないが、場所が違うと、それはそれで派手目立ちである。

（ホント、場所が違うと、なんか反応が新鮮だよなぁ）

周りがどうであろうと、桜坂はまったく変わらない。視線を真っ直《ますぐ》ぐ一点に据《す》えたまま揺らしもしないで歩いてくる桜坂は、制服であろうが私服だろうが、いつもの見慣れた桜坂だった。

「よぉ」

「今日はいつもと違って、こんばんは……だね」

いつもは『おはよう』が基本なので、その意味でも新鮮と言えなくもないが。

「すごい人出だよね」

尚人にとっては、その一言に尽きた。

山下は、

『地元じゃ、けっこうデカイ夏祭り』

だと、言っていたが。こうなるともう、尚人の考えていたデカさの規模からして違うような気がした。

「俺もずいぶん久しぶりだから、人の多さにマジでビックリ」

それでも、桜坂が尚人のように人と人の谷間に埋もれることはないだろう。

桜坂が言うには、桐ヶ丘公園での花火大会は『ガキの頃』以来らしいが。その『ガキ』がいつの頃を指すのかはわからない。中野など、

『ガキな桜坂っていうのが、いまいちイメージできなくて』

——とか、なにげに暴言を吐いていたが。

「電車の中でも浴衣着た人が多くて。今どきの花火って、浴衣が定番なのかな?」

「……さぁ」

聞く相手を間違えたのかもしれない。

そう思った——瞬間。

「オーイ、篠宮ッ」

「お待たせーッ」

中野と山下が現れた。

しかも。二人とも、バッチリ浴衣で決めて。

一瞬、目を瞠《みは》り。尚人はすぐに頬を緩めた。

「うわ……スゴイ。二人とも、すっごく似合ってる」

お世辞ではない。

中野は銀鼠《ぎんねず》色の地にトンボ柄で、山下は濃紺のグラデーション。無柄かと思っていたら、裾に透かし彫りのような花びらが散らしてあった。

車内でも浴衣姿の男性をけっこう見かけたが、どちらかと言えば着慣れていない感がありありだった。けれども、目の前の二人はド素人の尚人の目にもそれとわかるほどしっくり浴衣に馴染《なじ》んでいた。

「……そうか?」

素直に照れる山下に対して、

「夏祭りはやっぱ、浴衣だろ」

中野は大口を開けて笑った。

「それが、おまえらの定番?」

桜坂が問うと、

「そう」

「おう」

浴衣組の二人がバッチリ笑顔でハモった。

(いいよなぁ、やっぱり)

この三人と友人でいられることがだ。この環《わ》の中にいるだけで、なんでもないごく普通の会話が楽しい。

「さて、と。俺らのいなせな浴衣姿のお披露目も済んだし。そろそろ、行くか?」

尚人は思わずプッと噴く。

いなせ……とは、またずいぶん時代がかった台詞《せりふ》だが。それがなんの嫌味にも自信過剰にも聞こえないところが、中野の真骨頂なのだろう。

「あ……じゃあ、その前にいなせなコンビを写メしていい? 帰ったら、雅紀兄さんと裕太にも見せてやりたいし」

本音でそれを思う。

第一、こんなときでもなければ、携帯電話の写真機能など使う機会もなさそうな気がした。

すると。中野が帯の間から極薄のデジタルカメラを取り出して、ニシシと笑った。

「大丈夫。任せろ。今日一日、バッチリだって」

「中野。おまえ、こういうときだけ用意周到だな」

「何言ってんだよ。こういうのは、ジョーシキ」

「常識……なんだ？」

「そう。楽しいことはちゃんと記念に残しておくモンだろ？」

楽しいことは、ちゃんと記念に残しておく。

なぜか、その言葉が胸にツキンときた。

（ウン。そうだね。これからいっぱい、思い出を作ればいいんだし）

それを思って、尚人は歩き出した。

花火が始まるのは、日がとっぷり暮れた夜の八時。それまで、尚人たち四人組は肩を並べて両脇にズラリと並んだ出店を巡った。

屋台で買った熱々のソーセージや焼きトウモロコシにかぶりつき、ちょっとしたゲームを楽しみ。それで、思いがけず桜坂が一等のカピバラのぬいぐるみを引き当てて歓声を上げ、仏頂面の桜坂を真ん中に挟んでみんなでガッツポーズの記念撮影。

腹の底から笑って。

冗談を言い合い。

たまに暴言まじりの本音を漏らす。

そして、山下が言うところの、

『地元ならではの、地元民だけが知る、打ち上げ花火の醍醐味を満喫するためのベスト・スポット』

——であるところの、山下が住むマンションの屋上に上がった。

「ここ、年に一回、花火大会のときだけ解放されるんだ」

「スゴイね」

「開かずの扉が開くんだよ、年に一回だけ」

「中野……。それって、なんか怪談っぽいからヤメロって」

「んじゃ、天《あま》の岩戸ってことで」

「それも、なんだかなぁ……」

言いながら、二人は勝手知ったる仕草でさっさとレジャーシートを広げる。

ここからだと視界を遮《さえぎ》る物がなくて、どこに座っても花火を堪能《たんのう》することができる——らしい。

「え……と、山下。俺たち、お父さんとお母さんに挨拶とかしなくていいの？」

「いいの、いいの。向こうは向こうで勝手にやってるから」

そういうものだろうか？

チラリと頭のヘリをよぎったものを、とりあえずスルーする。山下がそれでいいと言うのだから、変に口を出してもしょうがない。

ベスト・ポジションで花火を楽しむための条件は三つ。

① 飲食・煙草は厳禁。
② 他人に迷惑はかけない。
③ 子ども連れはキッチリ自己責任。

今のところ、それは徹底されているらしい。

「だって、ここは花火大会を百倍楽しむための聖地だからな」

「聖地……ときたか」

「そう。年に一回、正味一時間半くらいだけど、場所取りでトラブることもないし、ゆっくり座って、じっくり花火を堪能できるんだぞ？　バカやらかす気なんか起きねーよ」

それが純粋に花火を楽しむための極意なのだろう。同時に、それは、参加者の自己責任という矜持《きょうじ》で成り立っているに違いないのだから。

夜空にくっきりと大輪の花が咲く。

「綺麗《きれい》だねぇ」

それはもう、うっとりするほどに。

「ホント、スゴイな」

「――だろ？」

「ホントに、すごく……綺麗」

それっきり、言葉は失《う》せた。

百聞は一見に如《し》かず。

生の迫力とその華麗さを堪能するのに、よけいな言葉はいらない。

ただ——魅入る。

それだけで充分だった。

次々と打ち上がる花火を見るのに夢中になって、時間はあっという間に過ぎていった。

§§§§　§§§§　§§§§　§§§§

午後九時半を過ぎると公園から駅へと向かう人波で大渋滞になる。それを聞いていたので、尚人と桜坂は早めにマンションを出ることにした。

「え？　もう帰るのかよ？」

「そうだよ。最後の百連発が一番迫力があるのに」

中野も山下も、そう言ったが。

「明日も早いしね」

課外授業である。

「もう、充分楽しませてもらったし？」

そう。食って、笑って、ツッコミを入れて、生の花火の迫力も堪能できた。

「ありがとう。中野、山下。今日はもう、すっごく楽しかった」

「――俺も」

「誘ってくれて、ホントにありがとう」

「――サンキュ」

「おぅ。ンじゃ、また来年つーことで」

「ウン。また誘ってね？」

「――俺も」

名残惜しいという言葉を肌で実感する。

もう、ちょっと。

あと……少し。

最後の百連発まで見ていたい。

それでも。どこかで踏ん切りを付けなければ、大渋滞に嵌ってしまう。来るときと同じように人いきれで酔ってしまうかもしれないと思うと、さすがにそれは避けたかった。

マンションを出て歩いていると、やはり、同じように早めに駅へと向かう者たちがけっこういた。誰でも、考えることは同じなのだろう。

——と。

そのとき、携帯電話がバイブしてすぐに切れた。

バッグから出して確かめると、メールだった。

(まーちゃん？　え……なんだろう)

すぐに、メールボックスを開く。

【今、桐ヶ丘の駅の近くにいる。車で来たので、帰りは一緒に。ついでに桜坂君も家まで送っていくから、そう伝えて】

「……ウソ。マジ？」

思わず、口から漏れる。それを聞き咎《とが》めた桜坂が、

「……何？　どうした？」

低く問いかける。

「え？　や……雅紀兄さんが今、駅だって」

桜坂が束の間、双眸《め》を瞠る。

「車で来てるから、桜坂の家まで送るって」

とりあえず、それだけ伝えて。尚人はメールボックスを閉じて、すぐに電話に切り替える。

コール音二回で、雅紀が出た。

『――ナオ？』

「雅紀兄さん、ホントに駅にいるの？」

雅紀が帰ってくるのは深夜だと思っていた。予定では、そのはずだ。

『あー。仕事が予想外に早く終わったんで七時には家に帰って来られた』

「そう……なんだ？」

『おまえは、今、どこ？　例のベスト・ポジション？』

「ううん。帰りの大渋滞に嵌るとマズイかなと思って、今、駅に向かってるとこ」

『なんだ。最後の百連発はパスか？　あれが一番のウリなのに』

どこかで聞いた台詞に、思わず噴く。

『……何？』

「山下も、同じようなこと言った」

『……ハハハ。なんか、今回は山下君とシンクロ率高いな』

「じゃあ、今から行っていい？」

『いいぞ。駅を出たところでおまえたちを拾うから』

「わかった」

尚人が携帯を切ると。それを待ちかまえていたように、

「兄貴、ホントに迎えにきてるみたいだな」

桜坂が言った。

「ウン。仕事が早めに終わったんだって」

それで、ソッコーで弟《尚人》を迎えに来る根性が凄い。本音で、それを思う。

(まっ、気持ちはわかるけど)

本当ならば、自分が尚人を千束の家まで送るつもりだったのだ。

深夜、尚人を一人で歩かせたくない。その思いが強くて。

平気な振りをしていても、その奥底では暴行事件のトラウマを抱えている。あの日、勝木《かつき》署でそれを垣間見《かいまみ》てしまったから。

たぶん、雅紀もそうなのだろうと思った。

だったら、自分の出番はない。

「俺は、このまま電車で帰るから」

「ダメだよ。雅紀兄さんが家まで送るって言ってるんだから」

いつになく強い口調だった。

「けど、真逆だし」

帰る方向が、だ。わざわざ遠回りしてもらうのは気が引ける。

「そんな、遠慮しなくていいって。車なら、別にどうってことないよ」

真剣に、尚人が言い募る。

「ンじゃ、お言葉に甘えて」

「そうだよ。どーんと甘えちゃって」

そのまま、二人は肩を並べて歩いていった。

§§§§　§§§§　§§§§　§§§§

尚人に待ち合わせ場所を指定して携帯電話を切ると、雅紀は小さくため息をついた。

（今回は、本当に山下君と被《かぶ》っちゃってるみたいだな）

帰りが人混みで大渋滞するかもしれないから——という理由で、一番《最後の百連発》のウリをあっさりパスするあたりがいかにも尚人らしかったが。

（けど、マジで驚いてたな）

今の今、雅紀が車で尚人を迎えに来ていることにだ。

それを思うと、つい口元が綻びた。

今日、最後の仕事《グラビア撮影》が間際になって突然キャンセルになったのだ。

市川からの連絡によれば、撮影スタッフの車がどこかで事故ったらしい。それでまた日を改めてということになり、深夜の帰宅予定が予想外に繰り上がった。

人の不幸を手放しで喜ぶほど悪趣味ではないが、結果的に、これで尚人を迎えに行くことができてラッキーだったことに変わりはない。

家に帰って寛《くつろ》ぐ間もなく、またすぐに車で出かけることは別段苦痛ではなかった。少しでも早く尚人に会えることを思えば、逆に疲労感も消し飛ぶ。我ながら現金……と思えるほどに。

駅前のロータリーでは、すでに各方面に向けての臨時バスが準備万端である。年に一回の稼ぎ時だ。帰宅する花火客を当て込んでタクシーも客待ちの長い列を作っている。

(さて……と。どのあたりで二人を拾うかな)

この時間帯ならば、このままここで待機しているよりも駅ビルの先にある交差点あたりがいいかもしれないと、尚人にメールを打って雅紀は車を走らせた。

二人がどこから駅に向かっているのかは知らないが、それなりに時間はかかるだろう。だが、待つことは苦にならない。もちろん、相手が限定されるのは言うまでもないことだが。

尚人は桜坂も一緒だとは一言も言わなかったが、雅紀はそれを信じて疑わない。責任感の強い番犬が尚人よりも百連発を優先するはずがないのは、わかりきっていたからだ。

逆に言えば。花火大会に桜坂も行くとわかったから、許可できたとも言える。少なくとも、桜坂がいれば雅紀の心配も半減する。

揺らがない。

ブレない。

グラつかない。

桜坂に感じるのは、そういう強さだ。

鋼《はがね》の意志というよりは、真っ直ぐに伸びる若竹のしなやかさ。脇目も振らずに剣道に打ち込んでいた頃の雅紀がそうであったように。

今現在の桜坂にあって、今の雅紀にはない物。

喪失感を自覚しているから桜坂のそれが眩《まぶ》しいのではない。羨ましいわけでも、妬ましい……のでもない。

強いて挙げれば。巡り合わせという必然は、いくつかの偶然が連鎖して強固な絆《きずな》になるのだと。尚人と桜坂を見ていると、そう思えてしかたないだけだ。

人間、真っ直ぐに伸びるだけでは足りない物があると知っているから、したたかに強くなれる。以前の桜坂がどうだったかは知らないが、一連の事件を契機に、そういう経験値が一気に跳ね上がったことは間違いない。

新しい指定場所で車を止めて、煙草《タバコ》を吸いながら尚人と桜坂を待つ。

それから二十分が過ぎた頃、交差点の向かい側から二人が肩を並べて歩いてくるのが見えた。

（やっぱ、目立ってるなぁ）

人波の中にあっても、長身の桜坂は周囲に埋没しない。わざわざ目を凝らして捜す必要もないほどに。

視界の吸引力。

モデルになる以前から、雅紀もよく言われた台詞だが。桜坂の場合もそれに等しい。

そして。尚人は、その真逆を行く。

雅紀と桜坂がある意味、その存在感でもって一発で派手目立ちをするなら、尚人はスッと視界をよぎる清涼感のようなものだ。

慌てて目を凝らして、視線で追わずにはいられなくなる。そうやって、いったん視界に入れてしまうと無視できなくなるのだ。

翔南高校の制服でない私服の桜坂は、いつにも増して迫力全開である。それが決して排他的な威圧感にならないのは、そばにピッタリと尚人が寄り添っているからだろう。桜坂の雰囲気が、ずいぶんと柔らかい。

見た目は、ごく普通に肩を並べて歩いているだけ——だが。醸し出す親密度が、半端じゃない。

それが雅紀だけの穿った見方でないのは、周囲の連中が妙にソワソワと二人をチラ見していることでもわかる。

それに気付いて、雅紀の表情からはすでに浮かれ気分も消え失せた。

尚人が軽く見上げて何かを言う。

視線だけやって、桜坂が端的に答える。

尚人が、はんなりと笑う。

桜坂の口元がわずかに綻ぶ。

それだけで、二人が醸し出すものがほんのりと色付く。

尚人と桜坂。二人でいることが妙にしっくりと視界に収まる——不快感。言ってみれば、それに尽きた。

(俺って、ホント、ナオのことになるとエゴ丸出しだよな)

桜坂が尚人にとっては必要不可欠な友人《番犬》——だとわかっていても、尚人が雅紀ではない誰かにごく自然に笑顔を向けることが許せない。

そういうことが学校生活では日常的に繰り返されているのだと、いきなり、今更のように気付いてしまった。

知ってしまったら、無視できなくなる。

二人の間には純粋な友情があるだけで、邪推も妄想も入りこむ隙《すき》がない。それがわかっていても——妬ける。

身も心も、尚人は雅紀のものである。

知っている。

ちゃんとわかっている。

間違いなく。

それでも――灼《や》ける。頭の芯が……。

「ホント、どうしようもねーな」

思わず、自嘲ではない昏《くら》い呟きが漏れた。

§§§§§　§§§§§　§§§§§　§§§§§

ひっそり静まり返った住宅街。

桜坂家の前まで来ると、雅紀の運転する車はゆっくりと停止した。

「家までわざわざ、ありがとうございました」

後部座席に座ったまま、桜坂は深々と頭を下げる。

「どういたしまして」

雅紀が言うと。桜坂はドアを開けて車を降りた。

同時に、尚人が反対側のドアを開けて後部座席から助手席に移動した。

「じゃ、篠宮。また明日」

「ウン。おやすみ」

桜坂が頷《うなず》くと、車は滑るように走り出した。

そのテールライトが闇に溶けて消えるまで、桜坂は微動だにしなかった。

(篠宮の兄貴って、ホント、弟想いのいい兄貴だよな)

それは、間違いない。誰の目にも、それと知れるほどに。

我が兄に、爪の垢《あか》でも煎《せん》じて飲ませたい。

それは、まぁ、冗談だが。

(親父《おやじ》を視界のゴミ呼ばわりしたときとは、まるで別人)

尚人を見つめる柔らかな顔付きと甘い口調を知っているから、よけいにそう思えるのかもしれない。

親子としての情をあんな形で断絶するしかない状況に追い込まれたら、誰だってそうなる……のかもしれないが。あそこまで徹底して父親を憎むという気持ちが、桜坂には今ひとつ実感できなかった。野上《のがみ》とのことがあるまでは。

あの事件で、それまでの価値観が一気にひっくり返った。

込み上げる激情。

抑えがたい衝動。

頭ではわかっているつもりでも、理性と感情はきっぱり別モノ。

自分の正義は、ある意味、自己満足という名のエゴにすぎない。

そういうことが、だ。

カリスマ・モデルとしての顔。

父親との熾烈《しれつ》な確執を隠そうともしない冷徹な顔。

そして、弟を思う守護者としての顔。

三者三様の『顔』を器用に使い分けているというより、雅紀の中でそれらはキッパリと別モノだったりするのかもしれない。

（でも、あの人の本質って、やっぱり、外見とは真逆でスゲー苛烈《かれつ》なんだろうなぁ）

今でも、ときどき思い出す。病院で、尚人を襲った暴行犯を問答無用で殴りつけた雅紀の殺気丸出しの蒼《あお》ざめた美貌を。

桜坂が、初めて真剣に怖いと感じた——男。

（俺たちはただの番犬だけど、あの人って、ホント、見るからに完全無欠の守護天使って感じだし）

ハードルは凄く高い。

それを思って、桜坂はわずかに唇を噛《か》み締めた。

（つーか、俺……もしかして、なんか知らないとこで兄貴の地雷踏んじまったのかも）

帰りの車内で、ふと気が付くと、バックミラー越しに雅紀の強《こわ》い視線とかち合った。

偶然？

錯覚？

それとも――ただの気のせい？

なんにせよ。花火大会の余韻《よいん》なのか、いつになく尚人が興奮ぎみに饒舌《じょうぜつ》だったのは確かだ。

皆と一緒に出店巡りをしたときのことを事細かに、いかに楽しかったのかを口にする尚人につられて、桜坂もいつも以上に口が回った――ような気がする。

(仕事明けの兄貴には、ちょっとうるさかったかな)

今になって、そういう気がしないでもない。

雅紀は仕事から戻ってきたばかりなのに、自分たちだけが派手に浮かれまくっていたような……。

それを思い。クラスメートと一緒に何かを楽しむという経験がなかった桜坂は、

(スゲー楽しかった。マジで)

今更のようにそれを実感して、カピバラのぬいぐるみを抱えて門扉へと歩いていった。

§§§§§　　§§§§§　　§§§§§　　§§§§§

熱い。

——鼓動が。

焦げる。

——吐息が。

煮える。

——思考が。

ドクドクと疼《うず》いて。

ガクガクと捩《よじ》れて。

フルフルと引き攣《つ》れる。

こめかみで。

身体の芯で。

瞼《まぶた》の裏で。

血が——スパークする。

「や……あ……ン……うううぅ」

家に帰ってくるなり、いきなりベッドに押し倒された。

「まー……ちゃんッ」

まだ、シャワーも浴びてない。

みんなと楽しく過ごしているときには気にもならなかったが、ふと気が付くと、汗をかいた身体は妙にベタついた。

だから、家に帰ったら、真っ先に風呂に入ろうと思っていた。

――なのに。

「ヤだ……まーちゃん。待って……。待っ…て……シャワー……浴びたい」

雅紀に組み敷かれたまま、必死で言い募る。

風呂がダメなら、シャワーでいい。

とにかく、汗ばんだ身体を綺麗にしたい。

――だが。

「あとで一緒に風呂に入ればいいだろ？　どうせ、たっぷり汗かいちゃうし。二度手間になるだけだろ」

耳朶《みみたぶ》を食《は》んで舐《ねぶ》りながら、雅紀が囁《ささや》く。

ぺちゃり。

「ひゃ…ッ……」

ぬちゃり。

「うっ……ううう……」

卑猥《ひわい》な水音が鼓膜を刺激するたびに、息が詰まって股間《こかん》に微熱が溜まっていく。

「ほら、乳首も尖《とが》ってきた」

クスリと笑う声に煽《あお》られて、ますます息が上がる。

まだ、触られてもいない乳首がどんどん過敏になって。尖って。Tシャツに擦《こす》られて……痛い。

「ナオ、腰上げて」

耳朶を甘咬《あまが》みされたまま囁かれると、しっとりと甘い雅紀の声が尾てい骨まで響く。

「このまま……漏らしたくないだろ?」

まろやかな美声は、尚人を呪縛《じゅばく》する毒を孕《はら》んでいる。

「ほら、上げて。……舐《な》めてやるから」

どこを。

何を。

――とも言わず。

――とも、言わない。

……ただ。

「ナオの好きなとこ……いっぱい、舐めてやる」

囁くだけ。

「ぐにぐに弄《いじ》って……噛んでほしいだろ？」

誘うだけ。

「トロトロになったら……吸ってやる。ナオの好きなとこ……全部」

唆《そそのか》すだけ。

それだけなのに、股間が硬くなる。

頭の最奥がジンジン痺《しび》れて、何も考えられなくなった。

夜想曲

グラビア撮影のための海外出張から一週間ぶりに我が家に戻り、ホッと気が緩んだのか。それとも、強行スケジュールの疲れが溜まっていたのか。その日。目が覚めると、午後の二時を過ぎていた。

普段の睡眠時間はいいとこ五時間程度なのに、まるまる十時間寝っぱなし。どうりで、身体の節々が重い。なんだか、頭の芯も鈍い。寝過ぎてよけいに疲れるというのも妙な話だが。

思わずため息をついた――とたん、猛烈な喉の渇きを意識した。ついでに、タイミングよく腹もキュルキュルと鳴った。

（取りあえず、遅めの昼飯でも食うか）

強ばりついた筋肉をほぐすようにゆっくりと首を回して、ベッドを出る。

二階の自室から階段を降りてダイニングキッチンへと向かいかけた、そのとき。『ティン』と、大気が軽やかに弾ける音がして。思わず足を止めて振り返る。

記憶の底に染み付いた、懐かしい音色。あれは――ピアノの音だ。

そして。続けざまに、タン、タン、タン、タン、タン――と聞こえた。右手で弾ける簡単な律音階。だが、どこかたどたどしい『レ・ミ・ソ・ラ・シ』。『シ』の音が妙にズレて聞こえるのは、たぶんチューニングが悪いせいだろう。

誰かがピアノを弾いている。といっても、今現在、篠宮《しのみや》の家にいるのは、俺のほかには尚人《なおと》と裕太《ゆうた》しかいない。リビングのドアを開けると、ピアノの前に尚人が座っていた。

「ナオ、何をやってるんだ?」

声をかけると。振り向きざま、尚人がニコリと笑った。まろやかな声で名前を呼ばれ「おはよう」と言われると、寝起きのだらけた気分が一気にリフレッシュした。

本当に可愛《かわい》い。それを思って、つい口元が綻びる。こういう条件反射的なところが、裕太に言わせると『露骨すぎる態度』なのかもしれない。それも、今更だが。

掃除をしてたらついピアノが気になって——と、どこか言い訳じみた口調で尚人は右の指で鍵盤を叩《たた》いた。

『レ・ミ・ソ・ラ・シ』

七年間チューニングされないままのピアノは、やはり、最後の『シ』の音だけが調子外れだった。完璧ではない律音階。今の我が家を象徴しているようだった。

だからといって、それでなんの不満も不都合もなかったが。あの日から凍り付いたままの時間が、確かにそこにあった。誰からも忘れられた存在というより、無理やり視界の端へと押しやられた存在……だろうか。

なぜなら、このピアノは篠宮の家にとってはかつての幸福の証《あかし》でもあったからだ。誕生日、クリスマス、何かの記念日という定番のイベントだけではなく、家の中はいつでも笑い声と音楽で溢《あふ》れていた。その記憶があまりにも鮮烈だったからか、どんなに家計が逼迫《ひっぱく》していても、母親はピアノだけは手放そうとはしなかった。もしかしたら、家族の最後の拠《よ》り所《どころ》として手元に残しておきたかったのかもしれない。

　このピアノがやってきた日のことは、今でもはっきり覚えている。それが、俺の六歳のバースデー・プレゼントだったからだ。

　幼稚園の年中組から音楽教室に通い始めて、ピアノに夢中になった。音楽教室の練習だけでは物足りなくて、俺だけのピアノが欲しいとねだった。サッカーボールや自転車とは違い、ピアノは値段も桁《けた》外れ。本当に買ってもらえるとは思わなかったが、口にするだけならタダ。実現すれば、超ラッキー。だから、ピアノが我が家にやってきたときには、嬉しくてしょうがなかった。

　笑顔満開で、何度も『ありがとう。すっごく嬉しい』を口にして、俺だけの宝物ができた喜びで呆《あき》れるほどにはしゃいでいたような気がする。

　好きこそ物の上手なれ。いつでも時間さえあれば、ピアノの前に座っていた。コンクールの課題曲を完璧に弾きこなして優勝することよりも、好きな曲を俺なりのアレンジで弾いて、自分の世界をイマジネーションすることのほうが好きだった。

　けれども。そのうち、沙也加《さやか》もピアノを習い始めて。我が家のピアノは俺だけの宝物ではなくなった。

俺とは違う音色、異なるメロディー。自分とはまったく別の感性に侵食される不快感。そこまでの嫌悪はなかったが、ピアノを介して四六時中、沙也加にまとわりつかれてウンザリしていたのは事実だ。そのとき、すでに、ただ単純に懐かれて悪い気はしないというレベルではなかったからだ。

いつも挑むように連弾をねだる沙也加より、膝の上に尚人をのせて、たどたどしい二重奏を楽しむほうが好きだった。それが、沙也加の機嫌を損ねるとわかっていても。

――まーちゃん、楽しいね。まーちゃんのピアノ、大好き。

舌っ足らずな甘い声で俺を見上げる尚人の無垢《むく》な笑顔は、飾り棚に並んだコンクールのトロフィーよりも数倍価値があった。その頃も、今も、そして――これからも。

だから、周囲の期待と思惑はどうであれ、将来は何がなんでもピアニストになりたいわけではなかった。中学に入って剣道に出会い、なりたい自分の未来予想図がくっきりと明快になったとき、必然的にピアノは趣味の一部になった。それが、自分にとっては自然な成り行きだったからだ。

しかし。周囲の反応は違った。

なぜ？　――そんなにも、あっさり。

どうして？　――せっかくの才能を切り捨ててしまえるのか。

そんなことは間違っている。何を考えているのか。もったいない。時間と才能の浪費。今までの苦労が水の泡。ピアニストになりたくてもなれない人はたくさんいるのに。ウソだろ？　マジなの？　それってどういうこと？　周囲の雑音はいつまでたっても鳴り止まなかった。

（あー、うるさいッ。他人がゴチャゴチャ好き勝手なことばかり言うなッ！）

声を大にして、それを投げつけてやりたかったが。顔面に張りついた『優等生』という仮面をかなぐり捨てて本性をさらけ出すのは、その後始末のことまで考えるとあまりにも面倒くさくて。結局、無言の決意で押し通した。

目に力を込めて直視すると、それだけで皆は言葉に詰まり、最後は決まってフラフラと視線を泳がせた。　もっとも。温存していた本性は、篠宮家が崩壊したとたん余すところなく発揮されて今に至るが。

父親に捨てられて、人格が変わった。周囲の者たちは異口同音にそれを口にするが、それはただの後付けに過ぎない。俺は、きちんとそれを自覚している。今更、もし・たら・れば……で言い訳をしてもしょうがない。

このままずっとピアノをリビングのオブジェにしておくのはもったいないと、尚人があまりにも淋《さび》しそうに言うものだから、つい、口が滑った。

「何か、聴きたい曲でもあるのか？」

すると。尚人は弾かれるように目を見開いて俺を見た。黒目がちの瞳が驚きと期待で綯《な》い交《ま》ぜになり、しっとりと潤んでいる。そんな顔をされてしまったら、もう、白旗を掲げるしかな

い。内心のため息を押し隠し、

「リクエストがあれば弾いてやるぞ？」

それを言うと。尚人の顔がパッと輝いた。だったら、もう一度『シークレット・ラブ』が聞きたいと。

『シークレット・ラブ』。七年前、尚人にねだられて誕生日に弾いてやった曲。一瞬、胸の奥がズキリとした。おまえ、ホントにその曲が好きだな……などと、茶化す気にもなれない。そのバースデー・パーティーはいろいろと訳ありで、しかも、それを最後に、我が家で誰かの誕生日を祝うこともなくなってしまったからだ。

話の成り行きと言うより、なんだか盛大に墓穴を掘った気がしないでもない。ピアノを弾くのは本当に久々だから。

(指、ちゃんと動くのか？　でも、約束しちまったからには不様なマネはできないよな？)

弟たち……特に尚人の前では、いつでも完璧な兄でありたいと思う。この世の中に完全無欠な人間などいない。そんなことは嫌というほど知ってはいても、見栄くらいは張っておきたい。それが、兄貴としての最低限のプライドというものだ。

つらつらとそんなことを考えていると、またしても腹がキュルキュルと鳴った。とたん、尚人が小さくプッと噴いてピアノの蓋《ふた》を閉めた。

「悪い。取りあえず、先に昼飯を食わして」

さんざん格好を付けまくって最後にこのオチなんて、なんか——最悪じゃないか？

結局、尚人には三日間の猶予をもらった。欲を言えば、一週間くらいはみっちりと練習したかったが、仕事のスケジュールが詰まっているので、それもままならない。とにかく、フリーに使える時間は限られている。

それで、高校時代の友人である桐原《きりはら》に連絡をつけた。

短時間でもいいから、集中して練習ができる環境が欲しかった。人目を気にせず、時間の制限もなく、ピアノ・レッスン三昧《ざんまい》が可能な場所。桐原ならば、そういう場所に心当たりがあるだろうと思ったからだ。

待ち合わせ場所はいつものバー。桐原は「ピアニスト役のオファーでも来たのか？」と、真顔で問い。俺がその理由を口にすると、一瞬啞然《あぜん》とし、次いで爆笑した。

見かけはあくまで清楚《せいそ》な美人系である桐原が大口を開けて仰《の》け反《ぞ》り、ヒーヒーと腹を抱えて爆笑する様は、容貌とは真逆な性格であることを嫌というほど見知ってはいても、ある意味、視界の暴力としか言いようがない。

「おい、桐原。いつまでバカ笑いをしてやがるんだよ」

さすがにムッとして視線を尖らせると。腹で肩で喉でさんざん笑い飛ばしてようやく笑いのツボから脱却した桐原は、おまえって相変わらずの兄バカだよな――とでも言いたげにウイスキーの水割りをガブ飲みした。

そして、携帯電話を取り出して誰かと話をし、その場ですぐさま『ＯＫ』を取り付けてくれた。相変わらず、仕事が速い。高校時代からの人脈は、いったいどこまで広がっているのか。一瞬それを思い、内心のため息ひとつで霧散した。

もしかしなくても、当分仲間内では、桐原経由のこのネタで弄り倒されるのだろう。

一番キツイ時期を乗り切れたのは、彼らがいてくれたからだ。高校時代の友人たちは別格。だから、尚人が翔南高校で唯一無二の友人を得られたことが本音で嬉しい。たまに、エゴ丸出しの独占欲がキリキリと疼くことがあっても。

とにもかくにも、桐原のおかげでみっちりと心置きなくピアノの練習ができて、墓穴に片足を突っ込まずに済んだ。

尚人のリクエストである『シークレット・ラブ』は、切ない純愛をモチーフにした夜想曲である。七年前は兄から弟へのただのバースデー・プレゼント曲だったが。今は――違う。あの夏の日を境に、何もかもが一変してしまった。

それでも、変わらないものがある。

好きだ、ナオ。おまえが欲しい。おまえしか、要らない。

言葉は消えていく幻なんかじゃない。それを教えてくれたのは、おまえだ、ナオ。だから、俺は何度でも繰り返し囁く。握った手は離さない。もう、二度と。その果てに何が待ち構えているのだとしても。

後朝
<small>きぬ ぎぬ</small>

ゆらゆら……身体が揺れている。
夢と現《うつつ》の境で、ふわふわ……浮いている。
ゆらゆらゆらゆら…………………。
………………ふわふわふわふわ。
温かくて。
なんだか、とても気持ちがいい。
軽くて。
まるで、羽が生えているような感じがする。
「ぴしゃん」
音がする。
――ゆらりん。
――ぷらりん。
――ゆらゆらりん。
身体がスイングする。
「ピシャン」

「パシャン」

音が大きくなる。

そこで、ふと目が覚めた。

だが。瞬間、自分がどこにいるのか……わからなかった。頭の芯が、なんだかボーッとしたままで。

「……」

声にはならない吐息が漏れた。

——と。

「目が覚めたか」

頭の後ろで声がした。耳慣れた、優しい声音《トーン》。

「あ……れ?」

パチパチと目をしばたたく。それでようやく、ここが我が家のバスルームなのだと知った。

しかも、なぜだか、雅紀《まさき》と一緒に。

「まー……ちゃん?」

「なに?」

「え……と、どうなって?」

耳をくすぐるような声とともに、首筋にひとつキスが落ちた。

なんだが、ドギマギする。どうして自分がこんなところにいるのか、わからなくて。

「昨日、中出ししたまま寝ちゃったからな。朝イチでナオの身体を洗ってやってたわけ。俺もシャワーを浴びたかったたし。一石二鳥だろ？」

（わ……）

今更のようにドッキリした。

「あ……ありが、と」

なんだかひどく間の抜けた声がエコー付きで響いて。急に恥ずかしくなった。もしかしなくても、あんなことやこんなことまで……全部やってもらったに違いないのに、今まで、ぜんぜん、まったく気付きもしなかった自分が本当にマヌケのように思えて。

（どんだけ爆睡してたんだ、俺）

ついでのおまけで昨夜の恥態を思い出して、首筋まで真っ赤になってしまった尚人《なおと》だった。

そんな尚人のドギマギぶりなど雅紀には全部筒抜けだろうが。

「文化祭、ホントに楽しかったみたいだな」

のんびり、まったりと雅紀が言った。

「あ……うん」

話題が昨日の文化祭になって、尚人はちょっとだけホッとする。

朝イチ——といっても今が何時なのかはわからないが、雅紀とこんなふうに密着したまま湯船に浸《つ》かっていること自体、内心はドキドキだったからだ。シチュエーション的に、どうしても、以前お風呂エッチをやってしまったときのことを思い出さずにはいられなくて。

「裕太《ゆうた》もけっこうはしゃいでたみたいだし」

「うん。初めは、ちょっと心配したけど。やっぱり、裕太は裕太だったんだなぁ……って。それがわかって、俺も嬉しかった」

笑みを含んだ声音がどこまでも優しい。

「おまえは裕太に甘いからな」

「そう、かな?」

そういう無自覚さが、雅紀的には少々ムカつくが。

「そうだよ」

裕太の場合。引きこもり中は一人蚊帳の外で、三人で食卓を囲んでいても話題は極端に限られていた。だからだろうか。尚人と共通の話題で盛り上がれることがよほど嬉しかったのか、昨夜はよく口が回った。

雅紀と二人でいるときには、文化祭の感想を聞いても。

『まぁ、そんな感じ』

『ナオちゃん、スゲー楽しそうだった』

『零《あいつ》にはちょっとイラッときた』

そんなふうに最小限度のことしか口にしなかったのに、尚人が帰って来るなりエンジンが全開になった。しかも、普段はめったに見せない笑顔付きで。

――それっておまえ、極端すぎだろ。

内心、雅紀が呆れるほどに。

なのに。そういう、いつになくはしゃいでいる自分を尚人にも雅紀にも知られるのが照れくさいのか、それとも変にイジられるのが嫌なのか、ときおりブスリと口を尖らせたりして。

――だから、見え見えなんだって。

基本、裕太はツンデレである。しかも、尚人限定の。裕太は絶対に認めないだろうが。

雅紀には絶対にデレない。まぁ、雅紀だってそうなのだから、裕太のことをあれこれ言う資格はない。

そういうわけで。昨夜は文化祭というイベントを共有できなかった雅紀は、気持ち的には爪弾き気分だった。

――クソぉ。やっぱ、行きたかったよなぁ。

自分でもしつこいとは思うが。尚人の袴《はかま》姿というスペシャルなサプライズがあると知っていたら、なおのことだった。

弟二人が文化祭の話題で盛り上がっても、一人だけ温度差が違うのがなんだか無性に悔しかった。本音で。

詰まるところ、零《れい》のことも聞きそびれた。裕太にはそれなりに聞けたが、尚人がどう思っているのか。それが知りたかった。今更だが。

少しだけ身じろいで、湯の浮力に逆らうように尚人を抱え直す。そうすると、身体の密着度が増した。さすがに朝イチでサカる気にはならない――なれないのではなく――が、尚人と肌を重ねるのはすごく気分がよかった。

「……で？　零君はどうだった？」

「フツーに楽しそうだった」

(何も知らないからな)

それがいいのか悪いのかは別にして、零たち兄弟のとばっちりだけはマジでこれっきりにしてほしいと思う雅紀であった。

「自分の学校とは人の多さも熱気も大違いだって驚いてたけど」

「……だろうな」

「零君がゲーム好きだっていうのも初めて聞いた」

「へぇー」

適当に相づちを打ちながら尚人の項《うなじ》に口づけると、尚人はちょっとだけ身じろいだ。

「中野《なかの》のとこで、裕太も零君もブックカバーを買ったんだけど。零君、渋い家紋柄を選んだんだよ。伊達《だて》家の家紋なんだって」

「……ふーん」

「あと、上杉《うえすぎ》とか武田《たけだ》とかの家紋もあったって。それって戦国もののゲームをやって覚えたらしいんだけど。なんかスゴいよね」

自分で振っておいて、なんだが。尚人がそうやって零のことを褒《ほ》めるのが、ついイラッときて。雅紀は尚人の耳たぶをかぷりと食《は》んだ。

とたん。尚人はくすぐったげに首をすくめた。

「零君もリフレッシュできたみたいで、よかったかなぁ…って。やっぱり、息抜きは必要だよね？　まーちゃん」

本気でそれを思っているのは尚人だけである。

(息抜きならわざわざ翔南《しょうなん》まで来る必要はないと思うけどな、俺は)

そこのところは裕太と同意見である。今更かもしれないが。

まぁ、話のオチもついたことではあるし。雅紀も気分をすっぱり切り替える。

「朝イチでナオと朝風呂っていうのも、いいな。こないだの温泉みたいで」

尚人は今日から文化祭の振替休日で二連休である。

それに併せて雅紀も連休をもぎ取った。尚人にはまだ言っていないが。

あくまでもサプライズのつもりだったので、今のところなんの予定も立てていない。尚人が行ってみたいところをドライブしてもいいし。雅紀的には、どんなところでも尚人と二人でデートができればいいのである。

「あ……だったら、今度、三人で行ってみたいな。温泉……ていうか、どこか旅行に。だって、俺、すっごく楽しかったもん」

裕太の引きこもりも脱却したことだし。尚人としては本音でそれを思ったのだが。

「ダーメ。裕太も一緒じゃエッチもできないだろ」

そこだけは譲れないとばかりに、一言の下に切って捨てる雅紀だった。

(俺は裕太がいてもぜんぜん構わないけど、おまえは嫌がるだろ? それに、チェリーボーイには刺激が強すぎるだろうし。ていうか、おまえが誘っても、裕太は絶対についてこないと思うぞ?)

それだけは、確信を持って言える雅紀であった。

秘蜜

その日。

メンズ誌のグラビア撮影で。六本木《ろっぽんぎ》にある『スタジオ・K』の地下駐車場に入れた車を降りる寸前、助手席に置いたショルダーバッグがいきなり大きく鳴り出した。

携帯電話の着信メロディーだ。ロックバンド『ミズガルズ』のバーニング・ラブ。着信表示を見なくても、メール相手が誰だか一発でわかる。

雅紀《まさき》が彼らのPV《プロモーション・ビデオ》に出演して以来、メル友と呼べるほど頻繁《ひんぱん》に連絡を取り合っているわけではないが、ボーカルであるアキラとのメールのやりとりは継続中であった。

PV第二弾のオファーを引き受けてからは、それも一気に倍増した。

メールボックスを開くと、サブジェクトは『リーダー狂喜乱舞』だった。しかも『ムンクの叫び』の絵文字付きである。

わずかに眉を寄せて、雅紀は本文を見る。

(意味わかんねー)

【どーも。今、かなり遅めの昼飯を食ってるとこ。さっき、瀬名《せな》マネからPV第二弾の監督が伊崎豪将《いざきごうしょう》に決まったとの連絡があって、リーダーがもう大変。一人で興奮しまくり。ゆっくり飯も食えなくて、被害甚大。じきに、そっちにも顔合わせのスケジュールつーか、正式にそ

の手の連絡が行くと思うけど。とりあえず、よろしく】

雅紀はため息をひとつ落とし。

(……そういうこと?)

ムンクの叫び……を納得した。

彼らのリーダーが伊崎《GO・SYO》の写真集をすべて網羅しているほどの大ファン――いや。『GO-SYO』を語らせたら止まらなくなる信奉者であることは、雅紀も知っている。だが。

(まさか、ホントに『GO-SYO』なんてな)

ちょっとビックリ……どころか、本音で唖然となった。

PV第一弾が予想外の大ヒットで、映像作家として『和田弘毅《わだこうき》』の名前が一躍クローズアップされたこともあり、第二弾の監督選びは自薦他薦の入れ食い状態――だと、メンバー自身が苦笑いしていたくらいだ。

その時点では、リーダーがいくら『伊崎豪将』の名前を連呼しても、それだけは絶対にありえねーだろ……というのが大方の予想だった。

なぜなら。フィールド・ワークが基本の自然風景写真家《ネイチャー・フォトグラファー》で、ごくごくたまにしか『人』を撮らないことで有名な伊崎にはロックバンドのミュージック・ビデオはあまりに畑違いだったからだ。

もちろん、雅紀も。他のメンバー同様、オファーするだけ無駄な『ありえねー派』であった。

先日、加々美《かがみ》に拝み倒されて、伊崎の無茶振りの極みを実体験させられたからだ。

傲慢《ごうまん》。

不遜《ふそん》。

——威圧感垂れ流し。

横暴。

高飛車。

——上から目線全開の自己チュー。

悪評を上げればキリがない。

人のことをあれこれ言えた義理ではないが、伊崎は業界でも扱いづらい人間のトップクラスにランクインするほどの偏屈であった。

裏を返せば、他人に何を言われても揺らがないプライドと信念の持ち主——仕事できっちり成果《答え》を出すタイプであるのは間違いない。

——だったとしても。

ロックバンドのＰＶだけはあり得ないだろう。そう思っていた。

（どういう心境の変化だったりするんだろうな）

一瞬、それを思い。

（まっ、監督が誰になろうと別にどうでもいいけど）

主役はあくまで『ミズガルズ』であって、雅紀は求められた役割をこなすだけのことだからだ。

とりあえず、即レスでメールを返す。

【リーダーの歓喜の遠吠《とおぼ》えが聞こえてきそう。たぶん、幻聴だろうけど。次、会えるのを楽しみにしてます】

おめでとう、なのか。

それとも、ご愁傷様になってしまうのか。

ミュージシャンの感性と写真家のセンスが化学反応を起こして絶妙なインスピレーションをもたらすのか。

あるいは、互いの地雷を踏みつけて自爆撃沈してしまうのか。

伊崎の監督決定。それは、あくまで予測不能なギャンブルと言えなくもないが。打ち合わせの段階で緊張感ありありの刺激的な現場になることだけは間違いなさそうであった。

§§§§§　§§§§§　§§§§§　§§§§§

篠宮《しのみや》家。

午後八時を過ぎた頃。

いつものように裕太《ゆうた》と二人だけの静かな夕食を終えたあと、いつも以上にサクサクと手際よく後片付けを済ませて、尚人《なおと》はソファーに座ってテレビをつけた。

（なんだよ？　ナオちゃんが後片付けやってソッコーでテレビ……なんて。雨でも降るんじゃねーの？）

いつもだったら、自室に戻って勉強タイムであるはずなのに。いつもとは違うパターンが単に珍しいというよりあり得ない展開に、いつもならば裕太も二階に上がっているはずが、つい、尚人のとなりにどっかと腰を下ろしてしまった。

「なに？　なんか面白い番組でもやってるわけ？」

「え？　や……そうじゃなくて。昼間、雅紀兄さんが生でワイドショーに出るっていうから録画しといたんだよ」

言いながら、尚人は慣れているとはいいがたい手つきでリモコンを操作した。

真昼のワイドショー？

篠宮家にとって、テレビのモーニングショーだのワイドショーだのは諸悪の根源と同意語である。

――なのに。

（ナオちゃん……マジ？）

裕太はあんぐりとして尚人を凝視する。

（もしかしたら、雨じゃなくて雷が落ちるんじゃねー？）

そう思いながら。

「あ……ほら、これ」

どうでもいいところはサクサク飛ばして、尚人は目当てのところで止めた。

《ミズガルズ・PV第二弾制作発表記者会見》

画面上には、その文字があった。

テーブルの中央には『ミズガルズ』のメンバー五人が、気合いの入った顔つきで。画面上、その左に玲瓏《れいろう》な佇《たたず》まいの雅紀が。その右に、こんな晴れがましい席には不釣り合いなほど不機嫌丸出しのオーラを発散する男がいた。

（わッ……。グリズリーの人だ）

尚人はドッキリして目を瞠《みは》った。

長身《デカい》。

肉厚《ゴツい》。

強面《シブい》。

その上で、極めつけに気難しい《ムズい》——人。

（名前は……えーと……。たしか、イザキ……）

そのとき、グリズリーな男の前に置かれたネームプレートが目に入った。

《伊崎豪将》

（そう。イザキ、ゴーショー）

——瞬間。

雅紀と二泊三日のプチ旅行で訪れたホテルのスイート——雅紀が予約していたツインではなく、チェック・インをする前に、同じホテルに泊まっていた加々美《かがみ》の部屋に強引に連れてこられたわけだが。そこで、伊崎の名前を口にした加々美の苦渋に満ちた顔つきと。

『あ、の？』

驚愕《きょうがく》と言うよりは不審げな雅紀の表情と。

『そのGO‐SYOが、俺をご指名なんですか？』

『……そう』

『本番前の繋ぎに？』

『まぁ、ぶっちゃけて言えば』

『それはただの嫌がらせでゴネてるっていうより、この件からの完全撤収っていうか、契約破棄のための口実でしょう』

その後のやりとりまで、はっきりと思い出すことができた。

（そっか。あーゆー漢字を書くんだ？）

ようやく、伊崎の顔と名前がひとつに繋《つな》がったような気がした。

二人の険しすぎる口調から、伊崎がものすごく扱いづらいカメラマンであることが尚人にも窺《うかが》い知れた。

あの人当たり抜群な加々美ですら匙《さじ》を投げたくなるほどのカメラマンとは、いったいどういう人物なのか。そのとき、尚人には想像もできなかったが。

結局。加々美に拝み倒されて、雅紀はスタンド・インをやることになり。ついでのオマケで、尚人もその現場である美術館に行くことになった。そこで、加々美や現場スタッフにすんでの所で地獄行きを味わわせた——らしい張本人《伊崎》を目の当たりにしたときの第一印象が『グリズリー』だったのだ。

今回。雅紀が前回に引き続き『ミズガルズ』のＰＶに出演することは聞いていたが、まさか、その監督を伊崎がやるとは知らなかった。

超ビックリ……である。

（こういう偶然って、あるんだ？）

なにかしら、不思議な気がした。

あのスタンド・インで雅紀と伊崎が本気モードで向き合っていたことを思い出して、尚人は、知らず詰めていた息をそっと吐いた。

《今回、前作から引き続きのPV出演となるわけですが。『MASAKI』さん、ご感想は？》

《光栄に思っています》

折り目正しく玲瓏な声が響き渡ると、一斉にカメラのフラッシュが炸裂《さくれつ》した。

だが、雅紀は少しも動じない。視線を揺らすこともなく、いや、炸裂するフラッシュが収まるまで瞬《まばた》きひとつしなかった。

雅紀がこうやってごく普通に公式記者会見の席に着くのを、尚人は初めて見た。

――と、いうか。雅紀が仕事をしている現場を垣間見《かいまみ》たことはあっても、こうやってテレビの画面越しに見るのは初めてで。雅紀であっても雅紀ではないカリスマ・モデルの『MASAKI』がそこにいるのだと思うと、なんだか妙にドキドキした。

「雅紀兄さん、カッコイイ……」

尚人がポロリと漏《も》らすと。

「マスコミも、うっかり変なツッコミ入れて会見が台無しにならないようにメチャクチャ気ィ遣ってンじゃねーの？」

裕太はピシャリと言い放った。

《先ほど、リーダーもおっしゃっていましたが。前作の打ち上げの席で、早、第二弾のオファーが入ったというのは本当ですか？》

《酒の上の冗談だと思っていました。リーダーの呂律《ろれつ》はかなり怪しかったので》

すると。すぐさま。

《あ……ヒデーな『MASAKI』さん。俺、ぜんぜん余裕だったし》

リーダーのツッコミが入り。

《酔っぱらいは、たいがいそう言うらしいですけど》

雅紀に容赦のない駄目押しを喰《く》らって。

《あ…たたたた………。俺のナイーブな神経が……》

リーダーは両手で左胸を押さえた。

視線はあくまでカメラ目線で、まるで掛け合い漫才にも似たやり取りに記者席は一気にドッと沸いた。

「雅紀にーちゃん、仕事でならジョークも言えるんだ？」

裕太の言葉に、思わずコクコクと頷《うなず》いてしまいそうになる尚人であった。

真顔でジョーク——というのも、けっこうシュールかもしれないが。

そして、伊崎は。記者から監督を引き受けるに至った理由と第二弾に懸ける意気込みを問われて。目の前のマイクを引っ摑《つか》み。

《オファーを受けたのはギャラがよかったから》

重低音で身も蓋《ふた》もないことを言い。

《撮ってみなきゃ、どうなるかはわからない》

リップサービスの欠片《かけら》もない無愛想さで締めくくった。

記者席がザワつくのもお構いなしだ。

(こんなんで大丈夫なのかな?)

尚人がそれを思うと同時に。

「うわ……こいつ、雅紀にーちゃんの上を行く俺サマじゃん」

裕太がボソリと漏らした。

失礼すぎるにもほどがある——台詞《せりふ》だが。たぶん、テレビの前の視聴者は皆同じことを思ったに違いない。

記者との質疑応答で、笑顔のサービスはないものの、記者席を強すぎる眼光で薙《な》ぎ倒すわけでもなく、主役はあくまで『ミズガルズ』であることの観点に基づき、それなりに真摯《しんし》な対応に徹している雅紀とは対照的なふてぶてしさであった。

「これって、ただのポーズ?」

「本音だと思う」

間違いなく。

「だったら、ものスゲー自信過剰か、徹底して空気読まない偏屈かのどっちかだよな」

自分に自信があるからこその偏屈?

加々美に聞いたところによれば。本業は『ネイチャー・フォトグラファー』でバカ高い写真集がバカ売れするほどの人気カメラマン——なのだとか。

ある意味、ふてぶてしい態度が似合いすぎて。

(だって、グリズリーだし)

それで納得してしまえる尚人であった。

§§§§§　§§§§§　§§§§§　§§§§§

翌日。

三日ぶりに家に戻ってきた雅紀に、

「お帰りなさい、雅紀兄さん」

一声かけて。

「ただいま、ナオ」

嘘《うそ》のない笑顔を向けられて。

(あー……。やっぱり、まーちゃんだ)

テレビの画面越しでは見られないナマの雅紀を実感する。

「まーちゃんが出てた『ミズガルズ』の記者会見、見たよ？　まーちゃん、すっごく格好良くて、なんか見てるだけでドキドキしちゃった」

「なんだ。あっちが好み？」

声だけで雅紀が拗《す》ねてみせると、尚人はやんわりと顔を綻《ほころ》ばせた。

「だって、まーちゃんが仕事モードの顔してるとこって、俺、ちゃんと見たことなかったから」

「新鮮だった？」

「うん。でも、まーちゃんはやっぱりいつものまーちゃんのほうがいい。俺だけのまーちゃんって気がするし」

そういうことをさりげなく本音で漏らすから、雅紀はどうしようもなく独占欲を刺激されてしまうのだった。

（ホント、おまえは可愛《かわい》いよ、ナオ）


自室に入るなりいきなり抱きしめられて。

——あー……どうしよう。

そのままキスを貪《むさぼ》られ、ドクドクと逸《はや》る鼓動に押しまくられて……息が上がる。

まだ服も脱いでいないのに、頭が……クラクラになる。

——まーちゃんの匂いだ。

嗅《か》ぎ慣れたオーデコロンに包まれると、ホッとする。安心……できる。

雅紀の匂いを胸一杯に吸い込んで、そっと吐く。

それだけで、身も心も満たされる気がした。

——すごく……気持ちがいい。

歯列を割った舌先で上顎をまさぐられてザワリと産毛立ち、脇腹がわずかに捩《よじ》れた。

そんなところが自分の性感帯だったなんて、知らなかった。雅紀に舐《な》められるまでは、気付きもしなかった。

(……好き)

舌を絡めて吸われる息苦しさに顎が上がり、外れた舌で歯の裏をなぞられて、思わずゾクリとした。

(まーちゃんが、好き)

雅紀の手で股間《こかん》を揉《も》みしだかれる気持ちよさとは、違う。

芯ができるほど尖《とが》った乳首を指で押し潰《つぶ》されてこねられる疼痛《とうつう》とも、違う。

舌先でそこをくすぐられると。撫《な》でられると。気持ちよくて、タマがキュッと吊《つ》り上がる。

(すっごく……好き)

雅紀に髪を撫でられながら、角度を変えてキスを貪られるのが――好き。

強く抱きしめられて、深く差し込まれた舌と舌を絡めて唇を吸い合うのが――好き。

耳たぶを甘咬《あまが》みされながらタマを弄《いじ》られるのは――もっと、好き。乳首が痛いほど尖るから。

「ほら、乳首に芯ができてきた」

雅紀の情欲に濡《ぬ》れた声が。

「噛《か》んで、吸って欲しい？」

甘露な囁《ささや》きが、頭の芯をトロトロにする。

「だったら、ほら。ナオのいいとこ、全部俺に見せて」

身体《からだ》の最奥までズクズクにする。

「気持ち……いい？」

身体を開き、心を委ね、快楽を甘受する。

――すごく……いい。

気持ちよすぎて、どうにかなってしまいそう。

――だから。ねぇ……。

「まーちゃん……して。もっと……」

途切れ途切れにねだる。

「もっと……まーちゃんで、いっぱい……に、して」

雅紀にしがみついて——ねだる。

「いいぞ、ナオ。二人で、気持ちよくなろうな?」

うっすらと片頬で笑って、雅紀が唆《そそのか》す。

「ナオの可愛いところ、いっぱい見せてくれるよな? 声、噛むなよ? ちゃんと俺に聞かせて。そしたら、ナオのここがトロトロにとろけるまで……いじってやるから」

差し込まれた指で粘膜を擦《こす》られて、後蕾《こうらい》がキュッと引き攣《つ》れる。

「いっぱい……出していい。全部、飲んでやるから。そのあとで、俺のでいっぱいにしてやる」

コクコクと頷いて、尚人はうっとりと目を閉じた。

§§§§　§§§§§　§§§§§　§§§§§

朝からカラリと晴れ上がった、日曜日。

昼近くになってから、ようやく起きてきた雅紀が。

「……おはよう」

しわがれ声で言った。

（まーちゃん。頭、寝癖がついてる）

こうなると、カリスマ・モデルも形無しである。

思わずプッと噴き出してしまいそうになるのを堪《こら》えて。

「おはよう、雅紀兄さん」

きっちりと笑顔で返す。

「ご飯、すぐに食べる？」

「んー……。その前に、熱くて濃いお茶、飲ませて」

もっさりと、いつもの定位置に腰を下ろす雅紀だった。

熱くて。

濃いお茶を。

マグカップでたっぷり。

淹《い》れたてのお茶を目の前に置いて、尚人も椅子に座る。

「はい。どうぞ」

「……サンキュ」

目覚めの一口を雅紀はゆっくりと啜《すす》った。それで唇を湿らせ、二口目を飲んで喉を潤し、三口目はゆっくりと味わう。

そうやって、マグカップの半分くらいを飲んでようやくスッキリと目が覚めたのか。

「ナオ。次の日曜、『ミズガルズ』の新曲のレコーディングに招待されたんだけど。行くか?」

あまりにもさりげなく口にするものだから。一瞬、尚人は、

「……え?」

アホ面を曝《さら》してしまった。

『ミズガルズ』の新曲レコーディング?

招待って……?

——どういうこと?

雅紀の言った言葉を嚙み砕いても疑問符が残るだけだった。

「えー……と。雅紀兄さんが『ミズガルズ』のレコーディングに行くの?」

「いや。俺は、おまえが行きたいのなら一緒に行ってもいいかなって思ってるだけ」

「それって……どういう?」

「だから、まんまだけど?」

「俺が……行ってもいいの?」

口にするだけで、ドキドキと鼓動が逸った。

ホントに?

——マジで?

——そんなことが？

「あー。アキラが、おまえも誘って一緒に来ればいいって言うから」

そんな。

……まさか。

………ウソみたい。

『ミズガルズ』のＰＶに出演するだけでも凄《すご》いのに、まさか、そんな特典まで付いているなんて……。

「マジで？　ホントにホント？」

「あー。本マジの話」

あり得ない夢のようなことが現実なのだと知って、尚人は束の間《つかのま》——絶句した。

(顔……真っ赤なんだけど。ホント、おまえってわかりやすいよなぁ、ナオ)

雅紀は口の端でクスリと笑った。

本当に。まさか、尚人にこうまで喜んでもらえるとは思わなかった。——というのが、本音である。

尚人の心臓のバクバク音まで聞こえてきそうだった。

今回のことは、別に雅紀がアキラに頼んだわけではない。以前、雅紀が、

『弟が、ミズガルズの大ファンなので』

そう言ったことを、アキラが覚えていただけのことだ。

そもそも、第一弾のオファーを受けることになった理由がそれだったからだ。

あの頃はまだ、尚人との仲もぎくしゃくしていて、雅紀としてはなんでもいいから何か尚人の喜ぶことをしたかったのだ。その結果として、関係者以外は手に入らない『ミズガルズ』のPV宣伝用の非売品ポスターにメンバー全員のサイン入りというマニア垂涎《すいぜん》のレア・アイテムを手に入れることができて、尚人の喜び方も尋常ではなかった。

――うわぁ、スゴイ。雅紀兄さん、ありがとう。俺、メチャクチャ嬉《うれ》しい。

満面の笑みというのは、ああいうことを言うのだろう。

『嬉しい』

『ありがとう』

耳の付け根まで紅潮させて本音で口にする尚人に、よかった――と思う反面。ちょっと、ムカついた。自分にはできないことを、尚人に素でそういう顔をさせることができる『ミズガルズ』に。

つくづく了見が狭いなと、実感した。それも、今となっては苦笑まじりの思い出に過ぎないが。

「行くか?」

雅紀が改めて口にすると。

「行く。行きたい」

即答だった。

雅紀が片頬で笑うと、さすがにきまりが悪くなったのか。

「や……あの、雅紀兄さんの都合がつけば、だけど」

もごもごと口ごもる。

行きたいと、思いっきり口走っておいて。それも、今更だったが。そういう尚人があまりに可愛すぎて、雅紀は。

「いいぞ。じゃあ、日曜日は東京《とうきょう》までドライブ・デートだな」

ニコリと笑って、茶を飲み干した。

§§§　§§§§　§§§§§　§§§§§

待ちに待った、日曜日。

尚人は朝からドキドキワクワクだった。

「ナオちゃん、キモい」

裕太にも呆《あき》れられた。

それでも。今日、本当に憧れの『ミズガルズ』に会える。それを思ったら、胸のときめきは止まらなかった。

(マジで、夢見てるんじゃないかな)

まるで。遠足の日を指折り数えて待ち望んでいる幼稚園児のようだと、苦笑いがこぼれた。

当日になって、すっかり準備万端で、あとは雅紀が二階から降りてくるのを待つだけ——になっても、なんだか足が地に着かない感じがした。

『ミズガルズ』のコンサートにすら行ったこともないのに、彼らのレコーディングが見学できるなんて。そんなこと、ただの一般人にすぎない自分には身に余る幸運だ。たとえ、それが、雅紀に与えられた特権のオマケにすぎないのだとしても。

(はしゃぎすぎだろ、俺)

自覚があるだけマシかもしれないと思いつつ、ちょっと——反省。

と——そのとき。

雅紀がダイニングキッチンにやってきた。

「ナオ。いいか? 出るぞ」

「うん」

紙バッグを片手に、メンバーへの差し入れをもって。尚人は声を弾ませて椅子から立ち上がった。

§§§§§　§§§§§　§§§§§　§§§§§

その日。

いつものように。

穿《は》き古したジーンズにアーミージャケット、ワークブーツという定番スタイルで麻布《あざぶ》のレコーディング・スタジオにやってきた伊崎は。タクシーを降りるなり、

(…ったく、メンドくせー)

舌打ちをした。

今日。ここのスタジオで『ミズガルズ』の新作PV用の楽曲がレコーディングされるとの連絡《メール》があったのは、五日前だ。

所属事務所からは、一応、なんのアレンジもされていない原曲――スキャット風デモ・テープを渡されていたが、それはあくまで、こういうイメージで行きたいという漠然としたものでしかない。

前回が天使と悪魔をモチーフにしたゴシック系のロック・オペラ調だったから、今回はしっとりとしたバラードで行きたいというのが『ミズガルズ』の希望だった。

通常のCM撮りでは、まずシナリオがあって次に音楽だが。ミュージック・ビデオはその真逆を行く。

楽曲のイメージが最優先であり、視覚効果《ビジュアル》をどうリンクさせていくか。当然、アーチストとしての『ミズガルズ』の感性と伊崎の感性とのぶつかり合いのようなものだ。

とにもかくにも、楽曲がきちんと仕上がらなくては世界観も作れない。

伊崎の仕事は、そこからが本番である。だから、伊崎的には、きっちりと楽曲さえ上がればなんの文句もないわけで。わざわざ時間を割いてまでレコーディングに立ち会う必要はない。

そう、思っていたが。

『もったいねーな。ミズガルズの生レコなんて、俺なら関係者に裏から手を回しても行きたいところだがな。そんなチャンス、二度と巡ってこないだろうし』

加々美に言われてしまった。

完成したモノはいつでも好きなときに聴けるが、生ではそこに至るまでのリアルな過程を見て楽しむことができる。その唯一のお楽しみ《チャンス》をフイにするなんて、もったいないにもほどがある——と。

それでも、まだ腰の重かった伊崎だったが。当日は雅紀も来るらしいと聞いて、あっさり気が変わった。

その理由をしいて挙げれば。ファインダー越しではない雅紀をじっくり見てみたくなった。

——から、かもしれない。

動機としては不純だろうが、伊崎は気にしなかった。

だが、面倒臭いことに代わりはなかった。

これがフィールド・ワークの撮影であれば、どんなに辺鄙《へんぴ》な山奥だろうがなんの苦にもならないのだが。人間相手では、何かと誓約が多すぎて疲れる。言ってしまえば、それに尽きた。

すでにテレビドラマとのタイアップも決まっているらしい新曲のレコーディングということで、関係者の中には背広組もけっこう目立った。

着いた早々、どこどこの誰々……といった名刺交換から始まる一連の煩《わずら》わしさに本音で閉口する。

こんなところまで来て、冗談じゃねー——伊崎であった。受け取った名刺をすぐさまジャケットのポケットにねじ込んで、さほど広いとは言えないミキサー室の椅子にどっかと座ってあとは黙殺する。

そして。ふと、ガラス張りのブース内に目をやると、そこでは『ミズガルズ』のメンバーと雅紀が談笑していた。

さすがに、メンバーとはすでに顔馴染《なじ》みということもあってか、雅紀の鉄壁の冷仮面《ポーカーフェイス》もずり落ちていた。

(ふーん。制作発表のときとはえらい違いじゃねーかよ)

ミキサー室のスピーカーは切ってあるので、ブース内で雅紀とメンバーが何を話しているのかはまったくわからなかったが。営業用ではない顔をさらけ出しているのはわかる。それがどれほどの珍事であるのかは、ミキサー室が異様にザワついていることでも窺い知れた。

——うわ……『MASAKI』が笑ってるよ。

——スゲー……初めて見た。

——ビックリしたぁ。

——『MASAKI』って、メデューサの呪《のろ》いっていうイメージが強烈だけど。プライベートではやっぱ違うのか？

ヒソヒソとした囁《ささや》きですらもが、上擦《うわず》っていた。

『MASAKI』と『ミズガルズ』のメンバーがごく普通に話している光景など、こんなときでもなければ絶対に見られないレアものだろう。

(ホント。あいつも、とことん人と場所を選びやがるよな)

つくづく、思う。

雅紀とは、スタンド・インの現場が初対面だったわけだが。ただのTシャツとジーンズというたってシンプルな恰好《かっこう》だったにもかかわらず、醸し出すオーラが半端ではなかった。

加々美蓮司《れんじ》という逸材——メンズ・モデル界の帝王を学生の頃から見慣れていた伊崎には、カリスマ・モデルなどと呼ばれていても、たかが知れている。そう思っていただけに、リアルな『ＭＡＳＡＫＩ』を目の当たりにして思わず目を瞠った。

加々美とは、明らかに違う。

けれども。その方向性が違うだけで、加々美と同じ艶《イロ》を感じた。本当に、久々にゾクゾクした。

ファインダー越しにスイッチが入る。

いや——プロ意識に火がついたというよりはむしろ、何かが繋がったような気がした。そういうインスピレーションは自然界相手では特に珍しくもない感覚だが、それが『人』相手に、しかもただのスタンド・インだったことに、伊崎はある意味唖然《あぜん》とした。

しかし。本当の衝撃は、そのあとに来た。雅紀が弟を見る目の優しさに、顔つきの柔らかさに——驚かされたからだ。

ファインダー越しに見る素材との明確な落差《ギャップ》。

——それって、詐欺《さぎ》だろう。

瞬間、それを思い。幻惑されかけた自分に、ほんの少しだけムカついた。

人は誰でも、本音と建て前の仮面を使い分けているが。カリスマ・モデル『ＭＡＳＡＫＩ』はうっすらと浮かべた笑みすらもが魅惑の仮面《バリエーション》なのだと知る。

しかし。ファインダー越しではない雅紀の視線は、弟への情愛に溢《あふ》れていた。カリスマ・モデルにはない、ひどく人間臭い素のままの表情。

『MASAKI』と『雅紀』。その境界線にあるモノに、俄然《がぜん》、興味を惹《ひ》かれた。

自分ならば、たぶん誰にも見せたことがないだろう、あるいは、雅紀自身が自覚していないかもしれないその『顔』を引きずり出せる。

それが単なる思い込みの自惚《うぬぼ》れだったとしても。

『撮りたい』

『引きずり出したい』

『剝《む》き出しにしたい』

背骨のひとつひとつを噛《か》んで、呑《の》んで、込み上げてくるゾクゾクするような情動は止まらなかった。

かつて。そんな欲望を感じさせてくれたものは、加々美だけだった。その加々美が、まるで業界の育て親のごとく目をかけているのが『MASAKI』だと知って。

——カリスマはカリスマを知るってか？

何か因縁のようなものすら感じた。

ごく普通に談笑する雅紀は、スタジオ内における本日の珍事かもしれないが、伊崎にとってはもはや椿事ですらない。伊崎が見たいのは、撮りたいのは、望むものは、それではないからだ。

「リーダー。そろそろ時間になりましたので、スタンバイをよろしくお願いします」

レコーディング・ディレクターがスピーカーをONにして声をかけると。

「了解でーす」

リーダーがのっそり立ち上がってミキサー室を振り返った。今まで姿が見えなかったのは、ミキサー室からはちょうど死角になったところにソファーがあったらしい。

「じゃあ、このあとも楽しんでね？」

リーダーが視線を戻して、言うと。

「はい。ありがとうございます」

伸びやかな声がスピーカーに流れた。その違和感に、

（……ン？）

伊崎がわずかに身じろぐと。

ブース内にいたメンバーたちの視線がひとつに集中した。

「あとで、いっしょにメシ食おうな？」

アキラの視線の先に雅紀はいない。

（……誰だ？）

伊崎は身を乗り出す。

「無理だろ」

「なんで？」

「今日のディレクターはリテイクの鬼の藤井《ふじい》さんだし」

「そうそう。終わるの待ってたら餓死しちゃうぜ。なぁ？　『ＭＡＳＡＫＩ』さん」

ブース内とミキサー室とで、一斉に笑い声が上がる。

その笑い声が途切れないうちに、ブース内から雅紀が出てきた。一人ではなかった。その傍《かたわ》らにいる者の顔を見て。

（雅紀の――弟？）

伊崎は、思わず双眸《め》を見開いた。

（……なんで？）

弟は興奮冷めやらないのか。しっかり胸に『ミズガルズ』の写真集を抱えて、わずかに紅潮した顔で雅紀を見上げ、何かを言った。

その弟の頭をクシャリと撫でて、雅紀が微笑を返した。

甘やかで、慈愛に満ちた、艶やかな――極上の笑み。

（――ッ！）

伊崎が息を呑んだ。

――瞬間。

ザワついていたミキサー室が、一瞬にして静まり返った。

——が。

次の瞬間、視線をもたげて前を見据《みす》えた雅紀の顔には微笑《ほほえ》みの欠片もなかった。もう、すっかりいつもの冷然としたポーカーフェイスだった。

(こいつは……ホント、筋金入りのペテン師だぜ)

伊崎は、口の端をニンマリと吊り上げた。

あからさますぎて。

露骨すぎて。

——どうにもならない。

いや。あからさまに人を選別するという点においては、ある意味、非常にわかりやすいとも言えた。攻めどころがはっきりしているからだ。

(溺愛《できあい》……なぁ)

カリスマ・モデル『MASAKI』には、これほど似つかわしくない言葉もないが。

加々美には、真剣に釘《くぎ》を刺された。弟にはよけいなチョッカイを出すな——と。

『どうしても「MASAKI」を撮りたいっていうんなら、正式にオファーすればいいだろ。あいつはプロだから、スケジュールとタイミング、それにおまえの熱意さえあれば、受けるかどうかは別にして、少なくとも門前払いにはならない。そのためのアドバイスが欲しいなら、のってやってもいい。けど、弟はやめろ。純粋な素材としての興味を惹かれたとしてもだ。絶対に、ダシにするな』

加々美の口調は、厳しかった。

『MASAKI』を撮る。

その希望は、思いがけない形で叶《かな》った。だから、伊崎は、今ここにいる。

だが。まだ――足りない。

それを思って、伊崎は男子高校生にしては少しもギラついたところのない弟にじっくりと視線を這《は》わせた。

（はぁぁ……どうしよう。サイン入りの写真集までもらっちゃった。いいのかな）

胸のドキドキが止まらない。

『ミズガルズ』のメンバーの顔を目にしたら、すっかり舞い上がってしまって。いつかのサイン入りポスターの礼を口にするだけで、心拍数が上がった。

楽曲の中で何が一番好きかと聞かれて。『赤と黒のイリュージョン』だと答えると、リーダーが『シブい選曲だなぁ』と嬉しそうに笑った。それから、前回のPV撮りのエピソードやら失敗談やらを面白おかしく聞かされて、もう満腹になった。

時間が、あっという間に過ぎていった。

その上、今日は尚人が来るというのでサイン入りの写真集まで用意してくれたのだ。

何度も礼を言ってブースを出ると、感動と感激で足が地に着かなくなった。

嬉しい。

……嬉しい。

…………嬉しい。

「まーちゃん、ありがとう」

今更のようにそれを言うと、雅紀はクシャリと髪を撫でてくれた。

それが妙にくすぐったくて、照れくさかった。

そのまま雅紀とミキサー室に戻ると。そこには、迫力満点の伊崎《グリズリー》がいた。一瞬驚いて、目を瞠ると。ソファーに踏ん反り返ったままの伊崎とバッチリ目が合った。

「よぉ」

生の重低音は浮かれきった熱を一気に冷ます。

「こんにちは」

尚人は深々と頭を下げた。

自分は雅紀のオマケだが、伊崎は正真正銘の関係者だ。ここにいてもなんら不思議はない。

(邪魔にならないようにしないと)

それを思って顔を上げると。チョイチョイと、手招きをされた。

(……って、俺?)

条件反射で、雅紀を見やると。

「なんでしょうか、伊崎さん」

雅紀が伊崎の視線を遮《さえぎ》るようにスッと尚人の前に出た。

「おまえじゃねーよ」

はっきり、くっきり、伊崎が言った。

「用なら、俺が伺います」

「ガード、硬すぎだろ」

「普通ですけど」

すると。伊崎はのっそりと立ち上がり、そのまま雅紀を素通りにして尚人の前で足を止めた。

(わ……。やっぱ、デカい)

雅紀よりも背が高いし、雅紀よりもはるかにゴツい。目の前に立たれただけで威圧感を感じてしまう尚人であった。

「あ……の……」

「携帯」

「……は?」

「伊崎さん」

雅紀の声がわずかに尖《とが》る。

それでもお構いなしに、

「携帯電話、持ってるだろ?」

「……はい」

――出して。

手で促されて。尚人は、一瞬、どうするべきかためらう。

目の前の壁《伊崎》が雅紀とは別の意味で超扱いづらい人間だと思うと、ヘタに拒否るのもマズいような気がして。

尚人がぎくしゃくと携帯電話をバッグから取り出すと。伊崎はそれを摑んで勝手知ったる手つきでさっさと自分の携帯番号とメールアドレスを登録し終えると、ただ啞然とそれを見ていた尚人の手に戻した。

「これで、俺はおまえのお友達だ。よろしくな」

威圧感丸出しの重低音が、その瞬間、ほんのわずか和らいだ。――ような気がしたのは、錯覚だろうか。

(お友達……って?)

いきなりのパフォーマンスに面喰らって、困惑しすぎて、尚人は固まる。

まるで、わけが——わからない。

それを思ったのは尚人だけではない。雅紀も、周囲の者たちも、伊崎の言動にツッコミも入れられずにただ呆然《ぼうぜん》……だった。

すると。

いきなり、スピーカー越しに。

「ちょっと、伊崎さんッ。何、勝手なことやってるンすか？　俺より先に尚君とメルアド交換なんかしないでよッ」

ビシッと、アキラが怒鳴った。

普通ならば、そこで誰かがチャチャを入れるか、乾いた笑いを漏らすか。それで場の空気も一気に変わる——ものなのだろうが。誰も、何も、できなかった。

——怖すぎて。

伊崎と雅紀とアキラの三竦《さんすく》みに割って入る無謀なチャレンジャーは、当然のことながら、どこにもいなかった。

伊崎は、ガラスにへばりついているアキラをジロリと見やって。うるせーな——とでも言わんばかりに、どっかとソファーに腰を落とした。

（いったい、なんなわけ？）

いきなりの、伊崎の理解不能なパフォーマンスに。雅紀は強い目で伊崎を凝視した。

まったく、わけがわからない。

今見た光景のどこに、伊崎の真意があるのか。

そもそも、真意があるのかどうかすら――わからない。

他人が何を考えているのか。そんなことはどうでもよかった。気にもならなかった。

――今までは。

揺らがない信念とプライド。そして、優先順位さえ間違わなければ、そのほかのことはどうでもよかったからだ。

――ついさっきまでは。

伊崎に無視されたから腹立たしいのではない。

伊崎がなぜ、どうして、なんのために尚人にチョッカイを出そうとしているのか。その理由がわからなくて。伊崎の言動が、あまりにも予想外すぎて。……面喰らった。

思わず呆気《あっけ》にとられて。

唖然として。

呆然と――絶句した。

そのために一歩出遅れたことが、どうにもムカついて。苛《いら》ついて。そして、何よりも腹に据えかねた。

(伊崎、てめー。俺に喧嘩《けんか》売ってんのか?)

灼《や》けつく視線をキリキリに尖らせて、雅紀はふてぶてしくソファーに踏ん反り返ったままの伊崎を睨《ね》め付ける。

和やかだったレコーディング風景に、一抹の旋風《つむじかぜ》が吹き荒れた瞬間だった。

ミスマッチの条件

日曜日。

新曲のレコーディングのために録音スタジオにやってきた『ミズガルズ』のメンバーたちの間には、いつもと違う緊張感があった。

——いや。緊張感というよりはむしろ、本業とは別物の期待感と好奇心だろうか。

なぜなら。今日、このスタジオに、カリスマ・モデルの『ＭＡＳＡＫＩ』がやってくるからだ。しかも、噂《うわさ》の実弟を連れて。

今回の新曲はテレビドラマとのタイアップも決まっている。そのミュージック・ビデオの監督を、滅多に人は撮らないことで知られるネイチャー・フォトグラファー『ＧＯ‐ＳＹＯ』こと伊崎豪将《いざきごうしょう》がやることになった。その伊崎も、レコーディング見学にやってくる。

そのせいか、マネージャーの瀬名《せな》は早くも胃が痛むらしい。

「だって、『ＭＡＳＡＫＩ』と『ＧＯ‐ＳＹＯ』がガチで鉢合わせですよ？　何が起こるかわからないじゃないですか」

そう思っているのは、何も瀬名だけではない。

カリスマ・モデルなのに大のマスコミ嫌い——いや、一部ではマスコミ潰しと恐れられている『ＭＡＳＡＫＩ』と。今どきアイドルとエロとは無関係の自然風景のハードカバー写真集を万単位で売りまくる業界屈指の実力者だが、その偏屈度でも堂々トップ3に入る実に扱いづらい『GO・SYO』が揃い踏みになるとあってか。日頃は気心の知れたレコーディング・スタッフまでもが、なにやらいつもとは違う張り詰めた感があった。

それでなくても、今日は、ドラマのタイアップも兼ねているからか普段のレコーディングとはまったく縁のなさそうな背広組もズラリと控えていて、始まる前からいつもとは雰囲気も様変わりしている。

彼らのお目当ては、当然、伊崎であり『MASAKI』なのだろうが。『ミズガルズ』のメンバーにとって、本日のメイン・ゲストは『MASAKI』が連れてくる弟であると言っても過言ではなかった。

なにしろ。最初に駄目元で『MASAKI』にオファーして、思いがけずミュージック・ビデオに出演してもらえた理由というのが。

「弟が『ミズガルズ』の大ファンなので」

これまた予想外のコメントだったからだ。

——えっ?

——はぁ?

——ホントに?

——それって……。

――マジっすか？

その日は、長丁場の撮影が終わったあとの、関係者によるささやかな打ち上げの席でのことだった。酒も、それなりに入っているし。リーダーの問いかけに、いっそすんなりと返された言葉があまりにも思いがけないもので。それが『ＭＡＳＡＫＩ』流のジョークなのかどうかもわからなくて、メンバーたちは一瞬目を瞠り、あんぐりと固まってしまったのだった。

いや。

……いや。

………いや。

『ＭＡＳＡＫＩ』という名前以外のプロフィールは一切不詳だった彼に弟がいるというだけでも、ある意味、ビックリだった。それ以上に、ただのクールを通り越してアイス・ビューティーと称される『ＭＡＳＡＫＩ』が口にした理由付けがあまりにもミスマッチすぎて。俄然、興味が湧いた。

「弟って、幾つ？」

ボーカルのアキラが真っ先に身を乗り出す。

「高校生です」

へぇー……。

ほぉ……。

そうなんだ？

——的な声が、自然と漏れた。超絶美形のカリスマ・モデルの弟も、やっぱり美少年だったりするのだろうかと。

「じゃあ、けっこうウザい年頃なんだ？」

アキラのツッコミは止まらない。

……だよなぁ。

……かもなぁ。

高校生といえば、自分たちもけっこう自己主張が激しくなりだした年頃であったことを思い出していると。

「いえ。可愛いです」

きっぱりと即答である。しかも、声のトーンや顔の表情ひとつ変えない発言に、メンバーたちはどう突っ込むべきか……悩んだ。

もしかして。平然としているように見えて、かなり酔っぱらっているのか？

誰もがそう思っていると。

「弟って、可愛くないですか？」

コアなファンの間では『インペリアル・トパーズ』と呼ばれている双眸《そうぼう》でひたと見据えられて、逆に問い返されて。メンバーたちは、なぜだか、思わず息を呑んでしまった。

もちろん。メンバーの中には弟も妹もいる者はいたが、真剣に『可愛い』かどうかと聞かれると、返事に詰まる。それが、どういう可愛らしさなのかによるからだ。

むしろ。兄という立場からすると。

『けっこう、邪魔くさいですよね？』

そう言われたほうが共感を覚えて、その場のノリでなんとでも言えそうな気がした。

当時のメンバーたちにしてみれば。『ＭＡＳＡＫＩ』のことはマスコミに露出している程度のことしか知らなかったし、ついポロリ……かどうかはわからないが、彼が漏らしたごくごくプライベートなことは酒の席でのオフレコであることは充分承知していた。

ある程度名前が売れてしまうとプライバシーがなくなる。メンバー自身、そういうことにはけっこう神経を尖らせていたので。

お笑い芸人が自身のプライバシーを自虐ネタにして笑いを取るのとは、違う。業界人であれば、当然の暗黙のルールであった。

その結果。『ＭＡＳＡＫＩ』が妖艶《ようえん》な悪魔を演じた『ミズガルズ』のＰＶは思った以上の反響を得て、あれよあれよという間にオリコンのトップを快走する快挙になった。

その要因は、普段はロックバンド『ミズガルズ』に興味も関心もなかった層にまで爆発的に火がついたからだ。『ＭＡＳＡＫＩ』というカリスマ性を、誰も無視できなくなった証《あかし》でもある。ひいては、それが落ち込みが激しいと言われるＣＤ業界のビッグ・セールスにも結びついたことで、すべてがいい方向にピタリと嵌《はま》った感があった。

楽曲には絶対の自信はあっても、それが売れるかどうかはまた別の問題である。どんなに出来がよくても、世間に受け入れられなければそれは負けに等しいのだから。一種のギャンブルと同じである。

だから、今回も周囲の期待は大きい。同様に、正直なところ、プレッシャーも半端ないものがあった。

そんな中での、新曲のレコーディングだった。

当然のことながら、前回、『MASAKI』はレコーディングには立ち会わなかった。スケジュール的に無理があるという前に、『MASAKI』と『ミズガルズ』の接点があまりにも乏しかったからだ。

しかし。前回の打ち上げ以降、彼らの『MASAKI』への関心は右肩上がりであった。特に、アキラの傾倒ぶりは顕著であった。

年齢的に言えば、二十代後半になる『ミズガルズ』のメンバーの中では最年少のアキラは、確実に『MASAKI』よりも年上なのだが、まさに、懐くという言葉がぴったりとくるほどであった。

メンバーも知らないうちに『MASAKI』のメルアドをゲットし、それからは頻繁に連絡を取り合う仲——アキラが一方的に発信していると言えなくもないが——になった。アキラとしては『ミズガルズ』の公式ブログを更新するよりも楽しいのか、その顔つきだけで、今、誰にメールをしているのかメンバーにはバレバレであった。

そして。今回。レコーディングに関してはアキラからの猛烈なプッシュがあった。

「レコーディングは何日でも構わないけど、絶対に日曜日にしてよね」

どうして、そこまで日曜日にこだわるのか。今までレコーディングは数をこなしてきたが、アキラがそこまで曜日にこだわることなど一度もなかった。その理由が、

「だって、ウイークデーは学校があるから、『ＭＡＳＡＫＩ』の弟が来られないじゃん」

まさか、そんなことだとは思わなかった。

「彼、あーゆー性格だから……つーか、ただでさえハード・スケジュールなんだから、わざわざ時間を割いてまで俺らの生レコに付き合う気がないのわかりきってるし。なんかオプションでもつけなきゃ、絶対に来てくれないって」

本業がステージ・モデルである『ＭＡＳＡＫＩ』のスケジュールの第一優先は、そちら関係にある。グラビアと違って、メンズ・コレクションの仕事が入ると拘束時間も半端ではないらしい。

そのことは、メンバーも知っている。全国規模のコンサートが始まれば『ミズガルズ』のスケジュールも一気に過密になるが、『ＭＡＳＡＫＩ』の仕事ぶりもそれに負けていない。モデル業界には旬の賞味期限があるという話を聞かされて、一見華やかに見えて思った以上にシビ

アな世界なのだと知らされた。

それなりに下積み時代が長かった『ミズガルズ』だからこそ、怖いのは真っ白なスケジュール帳——というのが笑えないジョークであることは痛いほど知っている。

好きなことを仕事にすることは、決して楽しいことばかりではない。むしろ、生活をするために好きでもない仕事をする人間のほうが圧倒的に多いのだ。好きな音楽を選んで、頑張っても売れずに潰れていくバンドなど、それこそ腐るほど見てきた。

そして。『MASAKI』の場合は彼ら以上に切実な事情があることも、今では理解している。篠宮《しのみや》家の一連のスキャンダル騒ぎが勃発して、それこそ、世間を衝撃のドツボに叩《たた》き落としたからだ。

『弟は可愛い』

あのとき。表情ひとつ変えずに吐かれたその台詞の意味を、彼らは複雑な思いでそれぞれが噛み締めた。

そして。改めて、カリスマ・モデル『MASAKI』ではなく『篠宮雅紀』という青年に対しての興味が湧いた。

「俺、来て欲しいんだよね。『MASAKI』に。前回は、まぁ、しょうがないけど。今回は、ちゃんと俺らに関わって欲しいじゃん。俺らがちゃんと頑張ってるとこもリアルに見て欲しいんだって。そんなチャンス、滅多にないだろ？　もしかしたら、最初で最後だったりするかもしれないじゃん」

だから、弟をオプションにつける。その発想がいかにもアキラ……という気がしないでもない。そんなメンバーの内心のつぶやきがダダ漏れにでもなっていたのか。

「おまえら、興味ない？『ＭＡＳＡＫＩ』の弟に。俺、すっごくある。ただの覗《のぞ》き趣味じゃなくて。あの『ＭＡＳＡＫＩ』が、マスコミに喧嘩売ってまで護《まも》ろうとしている弟になら、俺、会ってみたい」

そんなことまで言い出して。メンバーの気持ちもグッと引かれた。

その弟が世間を騒がせた自転車通学の男子高校生ばかりを狙《ねら》った連続暴行事件の被害者になったことで、『ＭＡＳＡＫＩ』の素性が最悪の形で世間に露出してしまったことは本当に驚きだった。そのときでも、彼の優先順位のトップは自分のことよりも弟を護ることだった。

彼の日本人離れした美貌は、単純に両親のどちらかが外国人であるとばかり思っていたが。そうではなく、兄弟の中ではただひとり異質な先祖返りだったのだと知って、更に驚いた。彼がカリスマ・モデルと呼ばれ、トップ・モデルとしての地位を確立するまでに実体験してきた苦労が半端ではないことを思い描いて。

そんな弟を喜ばせたくて『ミズガルズ』のオファーを受けたのだと、彼は言った。そんなにも愛されている弟になら、ぜひ、会ってみたい。アキラの言い分もよくわかる。

日頃の言動から、『ＭＡＳＡＫＩ』は絶対に弟たちを表に出さない。その態度は徹底している。それを逆手に取って不用意に彼の逆鱗《げきりん》に触れてしまった某テレビ局の記者がものの見事に返り討ちにあって、その様子がテレビではなくネット上に流失したとたん、世間からものすごいバッシングを浴びて消息不明になってしまった。それが元で、マスコミ業界では「『MASAKI』ルール」なるものができたとまで言われている。

素直に、すごいなと思う。

確固たる信念とそれを有言実行する覚悟と度胸がなければ、とっくに潰されてしまっているだろう。

「だからさぁ、レコーディングは絶対に日曜日にしてよね。それなら、『MASAKI』も絶対に来るって」

アキラは、そう断言したが。さすがに、メンバーたちは半信半疑であった。

いくら弟思いの『MASAKI』でも、それはいかがなものか?

そこまで都合よく、アキラのシナリオ通りにはいかないのでは?

そうは思いつつ、結局は、彼らもアキラの案にのった。会えるものなら、『MASAKI』の秘蔵っ子に会ってみたい。どんな弟なのか、この目で見てみたい。その誘惑には勝てなかったからだ。

レコーディングのスケジュールが正式に決定すると、それから先はアキラのメール攻勢が始まった。

【レコーディングのスケジュールが決まったから、お知らせしまーす。前回はこういうチャンスもなかったから、今回は絶対に来てよ？】

【弟にもちゃんと挨拶をしたいし。連れてきてね？　待ってるから】

【俺たちみんな、弟に会えるのを楽しみにしてるんだから。そのこと、ちゃんと弟に伝えておいてよ？】

【日曜日、絶対に二人で来てよ？】

たぶん、『ＭＡＳＡＫＩ』は辟易《へきえき》したのではないだろうか。

——それって、もしかしたら逆効果じゃねーの？

メンバーたちは内心、こっそりとため息を漏らした。

だが。いつものように練習後に行きつけの居酒屋で遅めの晩飯を食っているとき、メールの着信音でスマホを開いたアキラが、いきなり、

「やったーッッ」

勝利の拳《こぶし》を突き上げた。

「来るって。弟も一緒に」

それから先は、みんなで『やったぜ』『アキラの粘り勝ち』を合い言葉に一気に祝杯モードになった。

その後。こちらは絶対に来ないだろうと思われていた伊崎からも当日は見学に来るというメ

ールをもらったという話を瀬名から聞かされて、リーダーはひとり舞い上がっていた。

そして、今日。ついに『MASAKI』に連れられてやってきた弟と、感動のご対面になったとき。

「こんにちは。初めまして。篠宮尚人です」

幾分緊張ぎみに深々と頭を下げる弟の背後で、メンバーたちは信じられないものを目の当たりにして、思わず……絶句した。

――うわぁ……。

――すげー。

――マジでか？

――とろけてるよ、笑顔が。

――まるで、別人。

そう。『MASAKI』が微笑《わら》っていたのだ。取って付けた作り笑いではなく、弟を見守る目が口元が、それは優しくて。まるで、永久凍土に埋もれていた花の種が一斉に芽を吹いたかのように。それはもう愛《いと》おしげに綻んでいたのだ。

――へぇー。『MASAKI』って、そういう顔もできるんだ？

そんな言葉で茶化すレベルではなく。何かこう、見てはいけないモノを見てしまったような妙な居心地悪さというか。背中が変にムズムズしてくるような気がして。束の間、メンバーたちはあらぬ方向へと目を泳がせてしまったのだ。

するとと。弟が、持っていた紙バッグをおずおずと差し出した。

「あの……これ、このあいだサイン入りのポスターをいただいたお礼です。皆さんで……どうぞ」

それでようやく、ハッと我に返ったのだった。

「え？　なにを？」

「クッキー、です」

「そうなんだ？　ありがとう」

アキラが代表で受け取って、紙バッグの中を覗く。

中には、五色のリボンで綺麗《きれい》にラッピングされた透明の袋が五個入っていた。

「あれ？　これって……」

それは、コンサートのときにファンが振るタオルと同じ色。五人のイメージカラーになっていた。

「もしかして、このリボンの色が俺たちひとりずつってこと？」

どれどれ……とばかりに、メンバーたちがバッグの中を覗く。

「はい。中身も皆さんの好みになっています」

「俺たちの？」

「アキラさんがチョコで、リーダーがナッツ。リョータさんがシナモン、サイさんがプレーン、ハルさんが紅茶味……でいいんですよね？」

ビックリした。

以前雑誌のインタビューで、ファンからの質問というコーナーがあって。

『クッキーだったら何味が好き？』

それで、それぞれがそう答えたのだ。だからといって、特にクッキーが好きというわけではなかったが。

しかし。弟がそんなところまでチェックしていたとは思いもしなくて。メンバーたちは、内心で唸《うな》った。これは、うっかり生返事もできないなと。

「……って、これ、君の手作り？」

とたん。弟はポッと火がついたように耳たぶまで真っ赤になった。

『MASAKI』が弟と一緒にブースの中に入ってきたとき。最初に『MASAKI』のとろける笑顔に瞬殺されてしまったものだから、正直、失礼ながら弟の顔はロクに見てもいなかった。

──のだが。改めてじっくり顔を見てみると、『MASAKI』とは似ても似つかないのに、やはり兄弟の血は争えないなと思わせる容貌をしていた。

そういえば。近所でも評判の美形兄妹弟《きょうだい》──だと、マスコミが報じていたのを思い出す。

長兄は超絶美形、長女は正統派美人、次男は和み系美少年で、末弟はヤンチャ系。

だが。実際には和み系というイマイチよくわからないたとえよりも、凛《りん》とした佇まいの品の良さが滲《にじ》み出ていた。その子が、耳の先まで真っ赤にしている様は、先ほどとは別の意味で視線が釘付けになってしまうほどの可愛らしさであった。

——これで、高校生？　マジか？

——なんか、スゲー可愛いんだけど。俺の目、腐ってンのかな。

——身体も細いけど、顔もちっせーなぁ。美形の血筋って、みんなそうなのか？

——そこらへんのアイドルも顔負けじゃねー？

——『ＭＡＳＡＫＩ』が表に出したくない気持ち、なんかわかるよなぁ。

自分たちが高校生だった頃は成長ホルモンもニキビも出まくりで、もっとギラついていたような気がする。なのに、この差はなんだろう。

最近は草食系男子というのが流行《はや》っているそうだが、それともなんかちょっと違うような気がするメンバーであった。

じろじろ、まじまじと凝視されて。弟はさすがに不安になったのか。

「あの……違ってました？」

わずかに上目遣いにメンバーを見た。

これが、売り出し中のアイドルやタレントだったら嘘臭さも鼻について白けるのだが。弟のそれにはわざとらしさも、変なあざとさも、男がそれってどうよ?……的な滑稽さなども微塵《みじん》もなかった。ただ、メンバーに対する純粋な気持ちがあるだけで。

「や……ぜんぜんOK」

すかさずリーダーが声をかけると。弟はあからさまにホッと胸を撫で下ろした。そんなやり取りを黙って見ていた『MASAKI』が。

「俺は自分の経験から言って、ファンの手作りの差し入れなんかもらっても傍《はた》迷惑なだけだから、それが食い物なら、特に。だから、クッキーならちゃんとした店で買えばいいって言ったんですけど」

それはまた辛辣《しんらつ》すぎて、オフレコでもなければ問題大ありな発言だったりするが。冷然とした口調のわりに、弟を見る目が優しすぎて。本当に、『MASAKI』は弟が大事なんだろうなぁ……というのが透けて見えた。

『MASAKI』が言っていることは、ある意味、業界の常識である。もらってもどうしようもない差し入れというのは、ありがた迷惑を通り越してウンザリする。……オフレコだが。

誰がどんなふうに作ったのかもわからない食い物ならば、絶対に口に入れたりしない。常識中の常識である。

バレンタインになって大量に届くチョコレートなど、はっきり言って、

『いらねーっつーのッ!』

宅配業者に段ボールごと突っ返してやりたくなる。あくまで、オフレコだが。

だから。公式HPにも明記してある。ファンからのプレゼントは本当にありがたいけど、部屋には飾りきれないし、食べきれないから、そういう場合は本当に申し訳ないけど寄付しています。だから、コンサート会場で僕らの歌を聴きに来てくれたほうが嬉しいな——と。

「でも、俺……や、僕、どうしてもお礼がしたくて。クッキーなら日持ちがするから、ちょっと小腹が空いたときに摘んでもらえるかなって」

そんな弟の頭に手をやって、『MASAKI』がクシャリと髪を撫でる。そのしぐさがごく自然で、微笑ましくさえあった。

兄弟仲がいいのが丸わかり。

最初の視界のインパクトが去ってしまうと、二人がそうやって醸し出す雰囲気が不思議とまろやかで。穏やかで。『MASAKI』にとって、今、この場にいることは仕事絡みの延長ではなく完璧にプライベートなのだろうと思うことができた。

「……だ、そうなので。よかったら、味見してやってください。ホント、どれもけっこうイケる味なので」

聞きようによっては、兄バカ全開である。

「じゃあ、一応、全種類、『MASAKI』さんも食ったんだ？」

すかさずアキラが突っ込むと。

「そりゃあ、メンバーにマズイ物を食わせるわけにはいかないですから」

意外である。

というより、弟が作ったクッキーを楽しげに味見をしている『MASAKI』というのが想像しづらい。そういうことは頼まれてもしそうにないタイプに見えるのに。これも、やっぱりイメージの刷り込みだろうか。

いや。『MASAKI』にはごく普通の生活臭すらしないからだろう。それがカリスマ・モデルの特性――と言ってしまえば、それまでだが。

「ふーん、なんか、目からウロコな感じ」

「じゃ、中休みのときにでもいただくかな」

「ありがとねー」

メンバーが口々に言うと。

「はい。そうしていただけると嬉しいです」

弟が笑った。本当に嬉しそうに綺麗な笑い方をするものだから、メンバーの気持ちもごくごく自然に和んだ。

それから、みんなでソファーに座っていろいろ話した。まさに、談笑だった。

「ナオ。この際だから、聞いてみたいことがあったら聞いてみればいいんじゃないか？　こういうチャンスは二度とないぞ？」

こういう場には不慣れな弟を気遣って、ときおり『MASAKI』がチャチャを入れるのが新鮮すぎて。営業用の顔はあまりに怜悧《れいり》すぎて『MASAKI』がいるだけで体感温度が一気に下がる——というのが定番らしいが。ブースの中はいつも以上に和やかだった。

「いいよ？　尚君、なんでも聞いて」

『MASAKI』がナチュラルに弟のことを『ナオ』と呼ぶので、アキラもメンバーもいつの間にか『尚君』になってしまった。

そういう場の盛り上げ方というか、憧れの『ミズガルズ』との会話で弟をさりげなくフォローする『MASAKI』の気遣いというか、仕事で顔を合わせているだけではわからない部分がてんこ盛り状態であった。

——ホント。不思議発見のオンパレードって感じ。

それが、メンバーの偽らざる気持ちだった。

「ほら。遠慮しなくていいって」

アキラが『ドーンと来い』とばかりに胸を張ると。

「や……こうしてるだけでもう胸がいっぱいで。ついでに、頭もパンパンで。何を聞いていいのかわからないです」

それが本音なのだろう。うっすらと頬が上気していた。

涼やかな目元に朱が刷かれて、唇には笑みがこぼれて、それがまたなんだかとても可愛い。

そう、高校男子なのにガサついたところが少しもなくて可愛いのだ。可愛いと、思えてしまう。それが、不思議だった。

少しも女性的ではないのに、表情にも、落ち着いたしゃべりのトーンにも清涼感にも似た品があって、それが相手を圧迫せずに和ませる。

そういう性質だからだろうか。どこを、何をとっても強烈なイメージしかない『MASAKI』がいい意味でしっくりと場に馴染んでいるような気がした。

いや。普段はエキセントリックぎみなアキラですらもが無駄に暴走することなくいいふうに馴染んでいるのが、他のメンバーにとっては思いがけない驚きであった。

——そうか。弟って、ただ可愛いだけじゃないんだ?

これも、新たな発見というべきか。

バンドを組んでいるとどうしても我が強くなって、音楽性でも日常生活でも自己主張が激しくなりがちだが。下手をすれば自分たちよりもほぼ一回りほど年下の高校生——しかも初対面なのにうち解けすぎて懐いてしまうとは思わなかった。

馴染むことはあっても、狎《な》れることのない絶妙な距離感?

それが、ひどく心地いいことに気付いてしまった。

「尚君の一番好きな曲は?」

リーダーですらもが感化されてしまう。

「え……と。『赤と黒のイリュージョン』です」

「うわ。シブい選曲だなぁ」

思わず、口に出た。

実兄である『ＭＡＳＡＫＩ』がＰＶに出て大ヒットした曲を選ぶのかと思っていたら、まったく予想もしていなかった答えが返ってきた。

『赤と黒のイリュージョン』——これは初期のアルバムにしか入っていない曲なので一般的な知名度は低いが、コンサートのアンコール曲のベスト３にもなっている。ある意味、コンサートに来た者だけが生で聴ける歌としてコアなファンの間では定番中の定番だった。

「ホント、ホント」

「玄人《くろうと》好み」

「なんで？　どこが？」

楽曲のことになると自然と気合いが入るのか、それまでは話の主導権はアキラにまかせていた者たちもつい身を乗り出す。

「歌詞が好きなんです」

「どのフレーズが？」

それって、ツッコミすぎだろう。

それを思わないでもなかったが、誰もリョータを止めなかった。

「自分勝手に夢を見て、叶わないからって嘆くのは、ただの愚か者だろう。道は、ひとつだけじゃない。見える道だけが、道じゃない。今は暗闇で何も見えなくても、進むべき明日は誰の心の中にもきっとある」

それまでの、どちらかといえば笑みを絶やすことのなかった語り口とは微妙に何かが……違う。歌うのではなく、切り取ったフレーズに想いを込めて朗読する。むしろ、そんな芯の通った静謐感《せいひつかん》があった。

アンコールの定番なので、さすがにメンバーたちは歌い慣れているが。それは所謂《いわゆる》サビと呼ばれるフレーズではないので、そうやって一言一句間違えずに暗唱できるということは、かなり聴き込んでいなければとっさに出るものではない。

「おぉ……」

「バッチリ」

「スゴイな」

パチパチと、メンバーが拍手する。

「けっこう自分的にどん詰まりになっていたときに、そのフレーズがすごく耳に残って……。気持ちがシンクロしたっていうか。なんか、泣けてきて。何度も何度も聴いていたら、そのうち、背中をそっと押されたような気がして……」

そのとき、初めて、メンバーたちは思い出した。『ＭＡＳＡＫＩ』と弟が、どんな境遇にあったのかを。

父親の不倫から始まった、家庭崩壊。口で言うのは簡単だが、悲惨な現実をリアルに実体験してきた者の苦悩がわかる……とは言えない。

ただ。そういう背景があったことは知っているが、『ＭＡＳＡＫＩ』がそんなものを微塵も感じさせないオーラを放っているから、メンバーたちもすっかり忘れ果ててしまっていたのだ。この兄弟はフツーじゃない経験値を持っているのだと。それを乗り越えられたかどうかは別にして、ある意味、自分なりのケジメをつけたからこそ、今の、この穏やかさがあるのだろうと。

それに気付いてしまったら、胸の奥までジンと痺《しび》れてしまった。本当に、見かけだけで人を判断すべきではないと。

『ミズガルズ』の作詞を担当する『トーゴ』がリョータの幼馴染みで、飲酒運転の車にぶつけられて家族を失い自身も車椅子生活を余儀なくされていることは、メンバーとごくわずかな人間しか知らない。

加害者を恨み、憎み、自分の将来を悲観し、絶望する。そして、生きる気力を失いかけたトーゴが自分の想いを言葉に託すことで救われたと語ったように、最悪の日々で藻掻《もが》いていただろう弟がそのフレーズにシンクロして背中を押されたという。

――まいったな。

——どうしよう。

——やられちまったぜ。

——ヤバイかも。

——あるんだな、こういうことって。

言葉が、曲が、ひとつの歌となって見知らぬ人と人の心を繋げていく。声高にメッセージを連呼しているわけでもないのに、気持ちがストンと落ちるところに落ちていく妙理。

そして。奇《く》しくも、今回のコンセプトが『赤と黒のイリュージョン』の原点に返るバラードであることに、メンバーたちは何かしら因縁のようなものを感じないではいられなかった。

——ちょっと、鳥肌もの？

これって、けっこうなプレッシャーかもしれない。いい意味での。いろんな意味で気合いが入る。……ような気がした。

そのあとも、話は弾んだ。

——いや。心情的にただの『オプション』ではなくなってしまった弟との会話が本当の意味での談笑になった。それが、正しい。

そうしているうちに、タイムリミットになった。

「リーダー。そろそろ時間になりましたので、スタンバイをよろしくお願いします」

ブース内のスピーカー越しに、レコーディング・ディレクターの声がした。

「了解でーす」

リーダーがのっそり立ち上がって、ミキサー室を振り返った。

なんだか、これで終わりだと思うと名残惜しいような気がした。話し足りないというより、

もっと弟のことが知りたくなった。アキラなど、最後の最後まで『尚君』を連発していたくらいだ。

クッキーの差し入れのお礼――初めからその予定だったのだが――にと、『ミズガルズ』の写真集にその場で皆でサインをして弟に差し出すと。

「ありがとうございます」

きっちり深々と頭を下げてゆっくり顔を上げた弟の双眸は。

『あー、もう、どうしよう。すっごく幸せ』

とでも言いたげに、きらきら、うるうると煌《きら》めいていた。

――ホント、可愛い。

――あぁぁ……ハグしたい。っったら、『MASAKI』さんに殺されるかな。

――なんで、こんなにスレてないかな。

――今どきの高校生にしちゃ稀少《きしょう》ものだって。

――トーゴに紹介したくなっちまったぜぇ。

ごく自然に、口元から笑みがこぼれてしまう。写真集くらいでこんなに感激してもらえるな

んて、かえって恐縮してしまうメンバーであった。

だったら、次はコンサートにご招待かな。真剣に検討する。『ＭＡＳＡＫＩ』はしっかり関係者であるから、それ専用のプレミア・チケットを渡してもどこからも文句は出ないだろう。

「じゃあ、このあとも楽しんでね？」

「はい。ありがとうございます」

「あとで、いっしょにメシ食おうな？」

「無理だろ」

「なんで？」

「今日のディレクターはリテイクの鬼の藤井《ふじい》さんだし」

「そうそう。終わるの待ってたら餓死しちゃうぜ。なぁ？『ＭＡＳＡＫＩ』さん」

リョータの言い様に一斉に笑い声が上がった。

「本当に、本番前の貴重な時間をありがとうございました」

律儀に何度も頭を下げて、弟が『ＭＡＳＡＫＩ』とともにブースを出て行く。

——とたん。

ブース内にこもっていた熱が霧散した。後ろ髪が引かれるという感覚が如実に表れているような気がして、誰の口からともなくため息が落ちた。

そうしたら。いきなり、アキラがミキサー室とブース内を仕切るガラス戸にへばりついて

——怒鳴った。

「ちょっと、伊崎さんッ。何、勝手なことやってるンすか？　俺より先に尚君とメルアド交換なんかしないでよッ」

おい。

……おい。

………おい。

それで伊崎豪将が来ていることを知ったメンバーたちは、本番前にもう一荒れしそうな予感に、互いの顔を見合わせて再度のため息を漏らした。

あとがき

こんにちは。吉原《よしはら》です。

二ヶ月連続刊行の『二重螺旋』です。もしかして初めてかな。

今回は番外編集ということで、あれこれ振り返ってみると、なんだか当時のことがいろいろ思い出されてすごく懐かしかったです。けっこうあちらこちらに書いていたんですねぇ。一冊にまとめてみると、なるほど……と思いました。

タイトルは『万華鏡』になりました。いろいろな角度から見た『二重螺旋』ワールドを楽しんでいただきたくて。あ……でも、もしかして今の若い方には『万華鏡』という言葉自体が死語だったりします？　ちょっと心配（笑）。

番外編の強みといえば、本編では書ききれなかった『ここだけの話』をピックアップできるところでしょうか。それがあとあと本編にリンクしてくるということもままありますし。短編といいつつ、いつも書き込んでしまうパターンですね。ページ数制限のあるショート・ショートは特に悩みどころですがきっちり収まるとホッとします。

今回、文庫になるということで改めて読み返してみると、『ミズガルズ』のメンバーや伊崎、加々美と高倉との接点がこんなところに……というような話になっていて。ちょっと自分でもビックリ（笑）。

初期の企画モノといえば朗読ＣＤですね。書き下ろした短編をそのまま読むのではなく朗読シナリオにすると『あー、こんなふうになるのね』というのが目からウロコでした。なかなか勉強になりました。雅紀の独白ということで三木眞一郎《みきしんいちろう》さんの感情を抑えた美声にうっとりでした。

それは、ともかく。今回収録されなかった番外編もたっぷり残っている（？）みたいなので次回があったらぜひ第二弾をお願いしたいです。その前にさくさく本編を出せよ……と言われそうですが。

円陣闇丸《えんじんやみまる》様、いつも美麗なイラストをありがとうございます。次作もよろしくお願いいたします。

２０２２年もいよいよ押し詰まってきました。最後の最後で『二重螺旋』の番外編集が出るのは望外の幸せです。なんだか、来年も頑張るぞーッ！　という気になります［力こぶ］

それでは、次作でお会いできることを祈って。

令和四年　十一月

吉原理恵子《りえこ》

初出一覧

境界線
..... 全員サービス小冊子「Chara Collection EXTRA」(2007)

密やかなジェラシー
..... バースデーフェア小冊子(2009)

攣哀
..... ドラマCD「二重螺旋」ブックレット(2002)

咒羅
..... ドラマCD「愛情鎖縛」ブックレット(2004)

悔夜
..... ドラマCD「攣哀感情」ブックレット(2006)

スタンド・イン
..... 全員サービス小冊子「Chara Collection EXTRA」(2009)

絆
..... 小説Chara vol.21(2009)

浸透圧
..... 店頭販促用朗読CD(2010)

閑話休題
..... バースデーフェア小冊子(2010)

ジェラシーの法則
..... 全員サービス小冊子「Chara Collection EXTRA」(2010)

夜想曲
..... バースデーフェア全員サービス朗読CD(2011)

後朝
..... 文庫「不響和音　二重螺旋9」Amazon限定ペーパー(2014)

秘蜜
..... 全員サービス小冊子「Chara Collection EXTRA」(2012)

ミスマッチの条件
..... Char@VOL.13(2013)

この本を読んでのご意見、ご感想を編集部までお寄せください。

《あて先》〒141-8202　東京都品川区上大崎3-1-1
徳間書店　キャラ編集部気付
「万華鏡」係

【読者アンケートフォーム】
QRコードより作品の感想・アンケートをお送り頂けます。
Chara公式サイト http://www.chara-info.net/

Chara

万華鏡

【キャラ文庫】

2022年12月31日　初刷
2024年6月20日　2刷

著者　吉原理恵子
発行者　松下俊也
発行所　株式会社徳間書店
〒141-8202　東京都品川区上大崎3-1-1
電話　049-293-5521（販売部）
03-5403-4348（編集部）
振替　00140-0-44392

印刷・製本　図書印刷株式会社
カバー・口絵　近代美術株式会社
デザイン　カナイデザイン室

ISBN978-4-19-901086-6

キャラ文庫最新刊

愛を誓って転生しました

火崎 勇
イラスト✦ミドリノエバ

夢に見るのは、お姫様だった頃の前世の記憶!?

そんな一流ホテル併設のカフェで働く蒼井《あおい》だけれど、ある日常連客の松永《まつなが》に告白されて!?

万華鏡　二重螺旋番外編

吉原理恵子
イラスト✦円陣闇丸

尚人《なおと》と二人きりの旅行中、加々美《かがみ》にモデルの代役を頼まれた…!?　初期の名作「スタンド・イン」を始め、文庫未収録の短編が満載♡

2023年1月新刊のお知らせ

犬飼のの　イラスト✦みずかねりょう　[仮面の魔王と紫眼の娼年(仮)]
秀 香穂里　イラスト✦北沢きょう　[王子の私がゲームにハマッたら?(仮)]
菅野 彰　イラスト✦二宮悦巳　[毎日晴天!　番外編集(仮)]

1/27(金)発売予定